U0065370

仙靈探魔境

奇想聊齋 3

文 劉思源
圖 李憶婷

目錄

白狸長老

作者的話

燦爛的奇幻之光

文／劉思源

「妖怪」故事為什麼這麼吸引孩子的眼球？不論是故事、動漫、遊戲、電影……妖怪一出，魅力無敵，即使緊張得閉起眼睛、摀住耳朵，心臟怦怦狂跳，躲在被窩裡也要看下去？

仔細想想，孩子愛「妖怪」的原因顯而易見：還未受到現實和自我框架的原生態小孩，都有一顆喜愛探究未知的好奇心，和無限爆發的想像力。這兩項超級「原力」，不就是一直推動文明和科技向前進擊的引擎嗎？

此次有機會改寫《聊齋誌異》的故事，我便嘗試以「燦爛的想像力」及「兒童閱讀」為雙核心，精挑細篩全書近五百篇故事，最後輯錄二十七篇經典代表作，一一刪除繁蕪、留存精要，並劃分成：狸貓學仙術（驚奇幻術）、妖怪現形記（動物群妖）、仙靈探魔境（奇幻魔境）三大主題，帶著孩子一覽中國文學史上最絢麗、最耀眼的奇幻之光。

而沒有蒲松齡，便不會有《聊齋誌異》。他一生困頓，對弱小的、孤寂的、被排擠的、甚至人人避之唯恐不及的怪物，具有高度的同理心和憐憫心。也因此，即使他筆鋒犀利，如解剖刀般冰冷的切開世俗的表相，然而蘊藏在其中的「眾生平等」、「眾生有情」價值觀，才是真正跨越了歧視和偏見的鴻溝。

另外，編輯群和我在每篇故事前後，安排了可愛的狸貓師徒串場，透過趣味的提問，和讀者一起深入探討故事的本質，並結合自身的生活經驗，進一步學習如何轉換思考角度，克服成長中的大小問題和疑惑。

好故事，有光。

獻給獨一無二、與眾不同的每一個生命。

蒲松齡小檔案

姓名：蒲松齡（一六四〇～一七一五年），字留仙，一字劍臣，別號柳泉居士，生於明末清初的王朝更迭時代，一六四四年清軍入關時，他年僅五歲。

出生地：山東淄川縣人（今中國山東省淄博市淄川區）。

生平：從小苦讀，十九歲時以第一名的成績通過縣、府、道的考試，獲得秀才資格。很可惜，之後多次參加舉人考試，全數落榜，無法踏上夢寐以求的仕途，一生以教書、寫書為業。

代表作：《聊齋誌異》，又名《鬼狐傳》，共計四百九十一篇文言文短篇小說集（各版本略有不同）。內容大部分記述狐、鬼、花妖和神仙的奇幻故事。

創作源起：蒲松齡一向喜愛蒐羅奇聞軼事、鄉野怪談、神鬼傳奇等故事，許多人也會寫信或親自告訴他這類的傳說。他一一加以整理、記錄、編撰，並加入自己的想法和感受，以及他對人性的觀察，生活的體驗、社會的批判等重新改寫及創作，定名《聊齋誌異》。曾有一說，為了蒐集寫作材料，他在家門口開了一家茶館，客人只要說一個故事，便可以免費喝茶。此說雖不足信，但何妨當成一則美麗的傳說呢？

探遊魔境大冒險！

「歡迎再次回到『靈狸養成學苑』，過了一個暑假，想必大家的修練都更精進了吧！」白狸長老一邊說，一邊開啟新學期的修練課程。

咦？狸貓為什麼要修練？根據狸貓一族千萬年來的傳統，成年狸貓必須通過成仙考試，只要能修練成狸貓

大仙，便能隨心所欲的使用各種幻術，化身成人或其他動物來場驚奇的冒險，還能飛天遁地到世界各處的魔境漫遊。

狸貓族中最受敬重的白狸長老，已經年逾九百八十歲，他是「靈狸養成學苑」的創辦人。他的學苑裡收藏了一部絕世奇書《聊齋誌異》，此書號稱由清朝書生蒲松齡手撰，實則蒐羅妖狐鬼怪各家絕頂神技。歷代長老皆埋首鑽研此書多年，細細爬梳、整理書中經典案例和技法，為年輕狸輩們開設修仙訓練班，傳授三九二十七堂基本功法。

小狸和花花這對調皮搗蛋的狸貓兄妹檔，已經在這座

學苑裡完成了九堂幻術基本課程，也從九位修仙前輩身上學到了寶貴的實戰

經驗。

接下來，白狸長老要帶小狸貓們進入各種奇幻魔境，無論是天上地下、深山汪洋，甚至是虛幻夢境，都有許多仙靈傳說等著他們去探索，學習其中的修仙處世之道，作為未來他們晉級飛升的借鏡。

所謂「讀萬卷書，不如行萬里路」。現在就跟著小狸貓們一起探遊魔境大冒險吧！

1 與大胃王雷神同行

「一閃一閃亮晶晶，滿天都是小星星。」花花一邊哼唱，一邊仰望滿天星斗。

「要是有一天，能飛到星空中看一看，或是把星星摘下來，一定很酷！不知道長老有沒有什麼招數，帶我們到雲端逛逛呢？」

「花花想考我啊？」白狸長老看了花花一眼，這小傢伙膽子不小。長老捋捋鬍子，想了想說：「天，是傳說中神仙的居所。日月星辰、風雨雷電雖是我們難以觸及和了解的，但美麗浩瀚的蒼穹，

總是引人嚮往。接下來，我就說個故事給大家聽。故事主角可以說是超級幸運的『天選之人』。不僅與雷神成為朋友，還有機會到天上一遊呢，大家準備好一起與雷神同行了嗎？」

◇◇◇

阿樂和阿夏哥倆好，兒時是玩伴，長大當同學，比親兄弟還親。

阿夏天資聰穎，十歲就能賦詩作文，人人稱他為小神童，可惜考運不佳，連年落第，又年紀輕輕得了瘟疫，沒多久就死了，撇下妻子和幼兒，窮得連口棺材都買不起。

阿樂講義氣，一肩挑兩家，不僅出錢替阿夏辦喪事，平時只要得了些米糧，一定分一半接濟夏家。但他自己也是個窮書生，日日為三餐發愁，這樣下去恐怕撐不了多久。

他想起阿夏就忿忿不平，感嘆的說：「阿夏文采非凡，還是一生沒沒無聞，更何況是平凡的我呢？再讀下去也是死路一條！」於是腦袋一轉，放棄讀書這條路，改行做商人。過了半年，他已賺了不少錢，家境漸漸富裕。

有一次，阿樂出門做生意，經過金陵時，肚子餓了，找了家小飯館吃飯。他吃著喝著，看見一個身材高大、筋骨粗壯的壯漢，傍徨的在桌旁走來走去。

阿樂看他臉色發黃、神色憔悴，便問：「壯士，您要不要吃點東西？」壯漢沒有回應。

「男子漢大丈夫，大概是不好意思討吃的吧？」阿樂心想，便將自己的飯菜推到壯漢面前。

壯漢急吼吼的抓了就吃，不一會兒就將滿桌飯菜吃個精光。

「是不是還沒吃飽？」阿樂又加點了些餐，壯漢也不客氣，呼嚕呼嚕的一個人全吞下肚。

「再來點肉，越多越好。」阿樂叫店主端上滿滿的肉，堆得像小

山一般，還外加一大盤饅頭。

壯漢又旋風似的一掃而光，算一算，他一個人吃了好幾人份的飯菜，才總算開口說：「夠了！夠了！這三年來，我沒有一天吃得這麼飽過，真是謝謝你。」

他的聲音又響又亮，如大鼓、如銅鑼，震得人耳朵嗡嗡響。

「好威武的傢伙！」阿樂看他

的體格和神情，不像普通的莊稼漢，倒像是一位落魄的將士，忍不住問：「這位壯士，您好手好腳的，怎麼會淪落到這種地步？」

「唉！」壯漢嘆口氣，「這是上天對我的懲罰，但原因不能告訴任何人。」

阿樂又請教他家在何處？「陸上無屋，水上沒船，白日住這村，晚上睡那城。」壯漢老實的回答。

阿樂點點頭，心中惋惜：「原來是位流浪漢。」

阿樂休息夠了，離開飯館繼續趕路，那個壯漢也跟著走出來，一路尾隨著他。

「我還要做生意，請不要再跟著我。」阿樂說。

「不行！」壯漢不肯走，還警告阿樂說，「不久後你將碰上一場大災難，我一定要跟著你，報答你的一飯之恩。」

阿樂是個豪爽的人，雖然不明白壯漢的話，但也沒有再拒絕與他同行。一路上，阿樂吃飯時都會拉著壯漢一起去，但他都搖手推拒說：「不用，我一年只需吃幾頓飯而已。」

阿樂實在搞不懂，一個人怎麼可能連續好幾天粒米不進？而且他明明是個大胃王啊！

過了幾天，阿樂辦好貨，僱了一艘船載貨渡江。壯漢和他一起上船，船行到江中，忽然掀起了大風浪，船身上下劇烈搖晃，最後翻覆在江心，連人帶貨全掉進水裡。

江上的船隻雖多，但狂風巨浪之下，誰也救不了誰。

過了一會兒，風浪漸漸平息，忽然「嘩啦」一聲，壯漢背著阿樂躍出水面，跳上附近的一艘客船。

阿樂渾身溼透，又冷又虛弱，不停的發抖。壯漢請人幫忙照顧阿樂，自己又跳下船，從水中拖回剛才翻覆的貨船。

他先將阿樂扶進船艙，然後再躍進江中，上上下下的，把掉進水裡的貨物，一件件用胳膊夾著扔上船，直到裝滿整艘船為止。

「我能撿回一命已謝天謝地了，」阿樂拉著壯漢的手一直道謝，「哪敢奢望貨物也能失而復得？」

「別客氣，」壯漢對阿樂說，「快清點一下，看看有沒有少了什麼東西？」

阿樂點數完，忍不住拍手笑道：「哈哈，沒想到整艘船都翻了，卻只丟了一支金簪，實在太不可思議！」

壯漢一聽，立刻又跳下水去尋找，阿樂怎麼拉也拉不住。過了很久，才看見壯漢再度破水而出，手上拿著那支小小的金簪。

這怎麼可能？在浩瀚的江水中，居然能找回一支小簪子，簡直是奇蹟中的奇蹟。

阿樂忍不住猜想，眼前這個壯漢絕對不是普通人！

「看，一樣也沒少！」壯漢就像完成任務般，笑嘻嘻的將金簪交還給阿樂，並向他告辭。

這回換阿樂不肯放他離去，邀他一起回家同住。

自從阿夏死後，阿樂心裡好像缺了一角，現在家裡又像多了一個兄弟，實在高興。壯漢依然每隔十幾天才吃一頓飯，不過一吃就停不下來。

就這樣又過了一陣子，有一天烏雲密布，眼看就要下大雨。壯漢再度向阿樂告辭：「今天我一定得走了。」

阿樂哪肯放他走？兩人拉扯之間，一道閃電劈下來，接著響起「轟隆隆」的雷聲。

看著風起雲湧的天空，阿樂覺得非常神祕，脫口而出：「不知雲裡面是什麼樣子？閃電和雷又是怎麼形成的？如果能到天上去逛逛就好了。」

「你真的想去嗎？」壯漢笑問。

阿樂聽著壯漢的聲音，忽然覺得好累好累，趴在矮床上睡著了。也不知睡了多久，他忽然發現整個身子搖搖晃晃的，睜眼一看，自己竟躺在雲霧之中，四周圍繞著一團團白絮般的雲朵。

阿樂驚訝的站起來，腳下一陣晃動，好似坐船一般，不過他的雙腳並不是踩在地面上，而是柔軟的雲層上。他抬頭往上看，滿天星星居然近在眼前。

「我在做夢嗎？」阿樂簡直不敢相信自己的眼睛，但是一顆顆星星嵌在天上，就像蓮子嵌在蓮蓬裡一樣，大的像甕，中的像罈，小的像個碗。

阿樂忍不住用手去搖，大的動也不動，小的卻搖搖欲墜，似乎不太穩。他伸手一摘，果然「蹦」一聲，掉下一顆小星星。

阿樂趕快把小星星藏在袖子裡，又好奇的撥開雲霧往下看，「啊！好高啊，要站穩一點。」阿樂發現原來自己站在茫茫星河中，地上的景物全都變得好小好小，彷彿一顆顆小豆子。阿樂嚇得全身冒冷汗，萬一失足掉下去，應該連骨頭渣都不剩了吧？

就在此時，兩條龍騰雲駕霧，拉著一輛車而來，快到阿樂面前時，龍尾一甩，好像揮舞巨大的牛鞭似的，響徹雲霄。

阿樂疑惑的探頭一看，車上有許多寬口大缸，裡面裝滿了水，還有好幾十個壯漢正拿水瓢舀水，灑遍雲間。

「這是誰？從哪裡來的？」壯漢們看見阿樂，驚訝的叫嚷著。

雷

阿樂緊張得結結巴巴說不出話，忽然瞥見之前同行的那個壯漢也在其中。他向其他人介紹說：「這位樂先生是我在人間的好朋友。」大伙兒聽了，這才放下戒心，紛紛向阿樂點頭致意。

壯漢對阿樂解釋：「我本是雷神，之前因為一時大意，耽誤了下雨的時程。天君懲罰我到人間受難三年，今天期限已滿，便回到天上任職，順便帶你上來看看。」說完遞給阿樂一個水瓢，叫他幫忙灑水。

原來今年全國鬧大旱，各地都缺水缺得緊，急需雨水澆灌。

阿樂想起自己的家鄉也好一陣子沒下雨，田裡的作物都快要枯死了。他接過水瓢，撥開雲朵，朝著故鄉的方向拚命灑水。

「夠了！夠了！再多就要鬧水災啦。」雷神對阿樂說，「我們也該道別了。」

接著便將駕駛龍車用的長繩丟給阿樂，說：「來，抓著繩子跳下去。」

雖然這條繩子至少有萬尺長，但阿樂往下一看，離地面非常遙遠，雙腿忍不住發抖。

雷神拍拍他的肩膀打氣道：「相信我，不會有事的，你就放膽試試。」

阿樂心中不安，但也只能按照雷神的吩咐，抓著繩子往下一跳，只聽風聲「咻咻咻」的掠過耳邊，一會兒就回到地面上，站在自家的村外。

他一鬆手，繩子便一寸一寸的往上伸，漸漸消失在雲端。

阿樂回到地面才知道，雖然各地都下了雨，但最多只有幾公分積水，只有自己家鄉裡的每條河、每條溪都漲滿了水，完全解除了旱象。

阿樂鬆了一口氣，想起之前藏在袖子裡的小星星，伸手一摸，高興的說：「太好了，沒弄丟。」

他將小星星放在桌上反覆觀看，它通體是黑色的，又暗又硬，好像一塊普通石頭，但到了夜裡便會光芒四射，把整個房間照得明亮如白晝。

阿樂喜歡得不得了，把小星星妥善的收藏起來，只有貴客臨門時才會拿出來，請大家在瑩瑩星光下飲酒。

有天夜裡，阿樂的妻子梳頭時，一時興起拿出小星星，就像瞬間點燃一百盞燭燈似的，屋裡一片透亮。她正開心時，忽然發現不太對勁，困惑的說：「咦？這顆星星怎麼越來越小？」

星星迅速縮小，最後變成螢火蟲般的小光點，在空中飛來飛去。

阿樂的妻子吃驚得張大嘴，小光點突然「咻咻咻」的飛進她嘴裡，怎麼咳也咳不出來，最後竟吞進肚子裡。

她驚慌的跑去告訴丈夫，夫妻倆都覺得這件事很奇怪，但也不知該如何是好。

那天晚上，阿樂夢見早逝的阿夏，他站在星河上，對阿樂深深一鞠躬。這夢來得奇，難道那顆小星星跟阿夏有關？

不久後，阿樂的妻子懷孕了，他很開心，畢竟他已經三十歲，卻始終沒有孩子。九個多月後，妻子生產時，房裡竟發出耀眼的光芒，就像之前小星星發光時那樣。阿樂夫婦為孩子取名「星兒」，期待他成為人間最閃亮的一顆明星。

星兒果然非常聰明，十六歲就考中進士，揚名天下。大家都說，這都是因為阿樂平時講義氣，又熱心助人，才會有如此好的福氣呢！

而每當天空打雷時，阿樂便會想起有情有義的大胃王雷神，誰能想到小小一頓飯，竟換來一位雷神好朋友呢？

改編自《聊齋誌異．雷曹》

花花筆記

原來只要跟雷神成為朋友，就有機會去拜訪星星、月亮和眾神的居所。不過，前提是，要讓雷神喜歡你。

故事中的阿樂真的非常講義氣，明知阿夏已經過世多年了，還不辭辛苦的照顧他的妻兒；對素未謀面的雷神也願意傾囊相助，怪不得雷神願意和他當朋友。你也遇過這樣講義氣的朋友嗎？或者你自己就像阿樂一樣，甘願為朋友兩肋插刀、義氣相挺呢？說說你和好朋友相遇、相處的故事吧。

2 迴走陰陽界

最近學苑的夜晚不平靜，不知是哪個傢伙在後山的小溪裡偷排汙水，弄得臭氣薰天，小溪裡的魚蝦死了一大半，附近的草木也枯的枯、死的死。

「退後，溪水有毒！」白狸長老帶著小狸貓們漏夜查探，找到奄奄一息的蛛妖，原來這傢伙自作自受，中毒不輕。

「哼！原來是你，不知殘害了多少生命，就算死了，閻王爺也會狠狠打你屁股的。」小狸生氣的罵。

白狸長老稱讚小狸罵得好，又接著說：「關於死亡，流傳著各種神祕未解的傳說。死後究竟是就此消失，還是踏上另一個世界？真的有閻王爺的審判嗎？這些傳說的真假，不得而知。唯一可知的是，透過這些傳說，傳遞『勸人為善』的真理，絕對不假。」

◎◎◎

如果有人宣稱，自己記得前世的事情，甚至還記得三生三世所有經歷，你相信嗎？相傳有一位奇人就是這樣，不過他從未透露前世的姓名，只知今世姓劉，姑且稱之為「劉公」。下面就是他迴走陰陽界的親身經歷。

故事一開始，劉公是個地方官，表面上滿口仁義道德，私底下卻盡做些貪贓枉法、見不得人的壞事。但他掩藏得極好，倒也沒人舉發過他，就這樣一直活到六十二歲，一命嗚呼向閻王爺報到。

閻王殿陰森森，大小鬼差排兩列，四周擺放著各式各樣的刑具，看起來就像一座又大又恐怖的衙門。

「辛苦了，請喝杯茶。」閻王爺以為來的是個好官，剛開始對劉公很客氣，就像接待德高望重的仕紳一樣，請他坐下來喝茶。

劉公偷偷看了一下閻王爺的茶杯，心想：「咦？他的茶十分清

澈，而我的茶又渾又濁，莫非這就是所謂的迷魂湯？」

傳說中，人死後喝下迷魂湯，就會完全忘記這一生所有的事情。

劉公趁閻王爺轉頭

時，端起茶杯，偷偷從桌角把茶灑在地上，假裝喝光光。

接下來就不妙了，閻王爺翻開生死薄，查閱他的生平行事。這一查，閻王爺氣壞了，破口大罵：「你這個大騙子，根本就是披著人皮的畜生！」

「冤枉啊！」劉公聽到閻王爺的喝斥，不但不認錯，反而還大聲喊冤。

「拖下去！」閻王爺更氣了，命令鬼差把他拉走，「罰你下輩子不做人，改做馬。」

「轟」的一聲，劉公感覺自己的頭、臉和身體都漸漸變長了。半拖半拉間，一個凶巴巴的鬼差已拴著他，走到一戶人家門口。

那戶人家的門檻很高，他才猶豫了一下，就被鬼差毒打一頓。

「好痛啊！」劉公站不穩，撲倒在地上。

他掙扎的站起來，卻赫然發現自己已在馬槽前面，旁邊有人說：「這是那匹黑馬剛生下的小公馬。」

劉公低頭一看，只見自己身上長出四條馬腿，心裡明白發生了什麼事，但無法開口說話。正無奈時，忽然感覺餓得發昏，只好認命的走到母馬肚子下喝奶。

過了四、五年，牠已長成了一匹高頭大馬，但特別害怕被人鞭

打，一看到鞭子就逃跑。

轉世成馬還有另一大痛苦。馬是給人騎的，如果是主人來騎倒還好，主人會裝上馬鞍、馬鐙等工具，也會放鬆韁繩慢慢騎，比較不會弄疼牠；但如果是奴僕或馬伕來騎的話，他們不裝任何護具，直接跳上馬就走，且總是用兩腿緊緊夾住馬腹，腳踝骨還重重的敲打著牠的肚子，走一步，痛一步，簡直疼到骨子裡。

牠疼痛難忍，決定賭氣絕食，三天後就死掉了。

劉公死後回到地府，閻王爺一查發現：「你的刑期還沒滿，怎麼就逃回來了？」

逃避刑罰，罪加一等，閻王爺下令：「哼！不想當馬也行，剝掉他身上的馬皮，罰他去當一隻狗。」

「不！我不要當狗！」劉公懊惱不已，死拖著腳步不肯走。

「你還想要賴啊？」一群鬼差抓著他痛毆一頓。

他痛得半死，逃竄到山上，悲憤的想：「我乾脆再死一次算了！」往下一跳，跌在地上爬不起來。

當劉公再次睜開眼睛時，發現自己蜷縮在狗窩裡，身旁的狗媽媽一邊舔牠，一邊餵牠奶。

逃不了、死不成，牠悲哀的承認：這輩子當狗當定了。

漸漸的，牠長大了一些，雖然心裡明白大便很髒、很臭，但只能順從狗的本能，一看到大便就湊上去嗅啊嗅的，而且越聞越覺得香，只能勉強壓下想吃的衝動。

就這樣當了一年的狗，牠滿心哀怨，再也不想活下去，可是又怕像上回一樣，被閻王爺責怪以死逃罪，還不知會落到怎樣的下場。

「如果我被人殺了，閻王可不能怪我了吧？」牠腦筋一轉，想出一個借刀殺狗的餿主意。

牠故意到處搗蛋，常常被僕人們痛打幾棍，可惜主人對牠依然很好，從來沒有動念要殺牠。

這可不行！

於是有一天，牠突然發了狂，撲上主人的腿，狠狠咬掉腿上的一大塊肉。

「瘋狗！」主人鮮血淋漓，一氣之下，終於拿棍棒把牠打死了。

閻王爺看劉公又回來了，心生懷疑，仔細查明真相，更加惱怒

的說：「你這個狡猾的傢伙，怎麼可以假裝發狂，傷害主人呢？」

害人又害己，罪上加罪。閻王爺命令鬼差狠狠打了他好幾百下板子，再把他關起來，命他下輩子轉生為一條蛇。

「這裡好黑暗啊！」劉公被囚禁在一個暗無天日的小房間裡，一絲光線也沒有，心裡鬱悶極了，便沿著牆壁往上爬，最後從一個洞中爬了出來。劉公看看自己，細長的身子扭來扭去，已然是一條蛇的模樣。

唉唉唉，又變成動物了！劉公越想越後悔：當馬，被繩子勒、被鞭子抽、被人騎，還要拉車；當狗，任人打罵、任人宰殺；當蛇，只能趴在地上爬，一不小心就葬身在鳥腹中，三生三世都苦不堪言。於是劉公下定決心——從此不殺害任何性命，不吃動物，也不咬人，餓了就吞食樹上掉下來的果子。

牠當了一年多的蛇，一直在思考解脫之法：「閻王爺既不准我自殺，也不准我為了求死而傷人，難道這世上沒有好一點的死法？」

有一天，牠趴在路旁的草叢裡，忽然聽到車輪的聲音，由遠而近駛過來。

「機會來了！」牠迅速鑽出草叢，橫臥在路中央，「喀嚓」一聲，當場被車輪輾壓成兩截，再度喪命。

「你這麼快又回來了？」閻王爺訝異他在這麼短的時間

裡竟然又死了一次。

劉公跪在地上，向閻王爺報告這一世的經過。

閻王爺聽了點點頭，雖然這一世他也算自己找死，但沒有傷害別人，也沒有傷害任何生命，便嘉許他：「你終於肯改過向善，本王不再懲罰你，等刑期一滿，准你重新轉世為人。」

後來他再次轉世，投胎到劉家，一出生就會說話，而且過目不忘，只要看一遍，就能一字不差的背出書裡的內容，最後高中舉人。也因為過去三生三世的經歷，劉公經常勸說別人：做人要心存善念、愛護動物。騎馬時，一定要安上厚實的馬具，因為用雙腿踢馬肚子，比用鞭子抽牠還難受；養狗或其他寵物時，一定要好好照顧牠，不可任意責打。如果親身經歷過這些痛苦，還不懂得尊重生命、同理他人，豈不是白活了三輩子？

改編自《聊齋誌異．三生》

小狸筆記

呃……長老說的故事是真的嗎？萬一被閻王爺發現我做的壞事，會不會也把我抓去痛打一頓？天啊！我以後再也不捉弄別人、也不故意搗蛋了。不過，無論是不是真有所謂的報應或閻王爺的懲罰，我們都應該選擇善良，畢竟做了好事、幫助別人，不僅自己會感到開心，也能受到別人善意的回應。你也有做錯事的經驗嗎？如果做錯了，你有知錯能改的勇氣嗎？

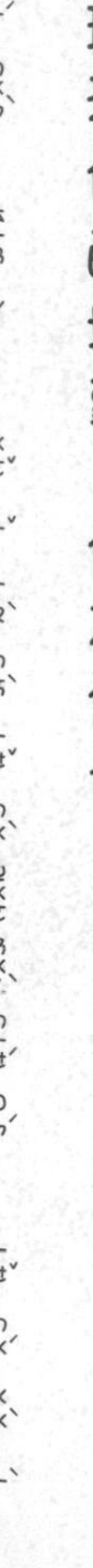

3 壁中仙女的傳說

這天，白狸長老帶著弟子們在山上打坐。小狸沒耐性，偷偷在一旁的山壁上塗鴉，一邊在長老臉孔上加兩撇八字眉，一邊得意的說：「嘿嘿！這可是我小狸大師的最新傑作！」

「這麼愛塗鴉，乾脆別修仙了，改行去當壁畫大師得啦！」白狸長老一臉傷腦筋的看著那片「創意十足」的山壁。他帶著大家走回學苑，來到書庫的壁畫前，那幅壁畫中有一群仙女，長老揮揮手，仙女們便在雲間翩翩起舞。

「壁畫仙女為什麼會動？」小狸嚇得大叫一聲，倒退兩步。

「哈哈，世人不知，畫常常是通往另一個世界的大門。」白狸長老說，「接下來，就來看看年輕書生到壁畫裡一遊的奇幻故事吧！」

◆◆◆

京城大，大如天，十里長街鬧喧天。

「京城不愧是天子腳下的地方啊！」孟生和朱生頻頻讚嘆，巍峨的宮殿、精緻的樓閣、熱鬧的大街……處處盡是繁華富貴的景象。

孟生和朱生都是從外地來的書生，寄居在京城中，一有空便相約到處閒逛，既開眼界也長見識。

有一天，他們倆偶然走到一處荒僻的寺院。「京城也有這樣的地方啊？」兩人好奇的觀望。

這座寺院已無人居住，只有一位雲遊四方的老和尚暫時落腳於此。「請進，請進。」老和尚聽到客人來，連忙出來迎接，並領著兩人進寺裡參觀。

朱生常到有名的佛寺參訪，他一邊走一邊打量道：「這裡的殿堂和禪舍雖然不大，卻十分別緻。」

他和孟生走進正殿，殿中矗立著一尊神像，東牆和西牆皆繪有

壁畫，一景一物精妙無比，人物也栩栩如生，不知是出自哪位大師的手筆？

「這幅天女散花圖真是太美了！」朱生目不轉睛的盯著東牆的壁畫，畫中美麗的天女們正揮舞著彩帶，撒下花辦，在雲中起舞。

其中有一位少女，拈花微笑，烏溜溜的髮絲披在肩上，紅脣輕啟，眼波流轉，彷彿真人一般。「她是不是在看我？或者想跟我說話？」朱生看得心神蕩漾，恍惚間，只覺得身子好像騰雲駕霧一般，輕飄飄的飛進壁畫裡。

「這裡是天上嗎？」朱生發現眼前殿堂、樓閣層層錯落，雲霧縹緲，已非人間景象。

他走進一座大殿，一位白眉高僧端坐在殿上說法，一群和尚圍繞在旁聆聽。朱生不知道該往何處去，便擠到和尚當中聽講。

過了一會兒，他覺得好像有人在後面偷拉他的衣裳，回頭一看，一張靈秀的臉孔出現在眼前，正是壁畫上那位拈花少女。少女對他嫣然一笑，飄然而去。朱生忍不住追過去，跟著她走出大殿，只見少女穿過一道曲廊，走進一間小屋。

「我和那位少女並不相識，貿然闖進去，會不會沒有禮貌？」朱生停下腳步，正猶豫時，少女卻回過頭來，遠遠的向他招手。

「她在叫我呢！」這下子朱生心花怒放，連忙跟著走進去。

小屋裡沒有別人，十分安靜。

朱生詢問少女的名字，她說：「我是姊妹中年紀最小的，就叫我小仙吧。」

小仙和朱生一見鍾情，互相喜歡，兩人說說笑笑了好一會兒，捨不得分開。也不知過了多久，遠方傳來沉沉的鼓聲。

「糟了，天色已晚，姊姊們一定會發現我不見了，我得趕快回去。」小仙驚呼。

「你若走了，我一個人該怎麼辦？」朱生問。

「你是凡人，若是被巡天守將發現，他一定會把你趕走的。」小仙交代朱生，「你靜靜的待在這裡，千萬不要發出聲響，等我有空就會來找你。」小仙說完關好門窗，匆匆離去。

朱生照著小仙的吩咐，不敢出門，也不敢出聲，默默的等她回來。一直等到深夜，小仙才回到小屋，兩人把握獨處的時間，相依相伴，直到天明。

但紙包不住火，小仙形跡可疑，天女們都看在眼裡。

「咦？小仙怎麼剛練完舞就不見人影了？」一位天女說。

「這小丫頭不知道在搞什麼鬼？昨天半夜偷偷溜出房間，直到一大早才回來。」其他的天女也有同感，便相約悄悄跟蹤小仙，把事情查個清楚。

第二天，她們便一路跟著小仙來到小屋。

「小仙，你在屋裡藏了什麼東西？」天女們闖進屋裡，朱生來不及躲，被逮個正著。

「咦？這位俊俏的白面書生是打哪兒來的？」天女們摀嘴偷笑，原來小丫頭談戀愛了。

小仙又羞又急，臉紅得像火燒一樣。

「哎喲，別害羞了。」天女們心疼小仙，不僅沒責怪她，反而擔心朱生遲早得回到凡間，趕著張羅喜事，「天上的一天等於人間一年，既然你們倆情投意合，不如今天就結婚吧。」

大伙兒拿出各種首飾，把小仙的長髮挽成髮髻，插上鳳釵，戴上耳環，打扮成美麗的新娘。小仙害羞的任由姊姊們裝扮。

「多喜氣的小娘子啊！」一位天女開玩笑說，「姊妹們，我們別在這兒逗留太久了，免得惹小娘子不高興。」

「對啊，說不定小仙心裡早就想趕人啦！」天女們嬉鬧一陣便離開了。

現在屋裡只剩下小仙和朱生兩人。朱生細細看著小仙，挽起雲髻，插上鳳釵的她，比之前長髮飄飄的少女模樣，更加嫵媚動人。

「我真是個幸運的傢伙。」朱生把小仙擁入懷中，濃情密意令他陶醉不已。

這時，窗外忽然傳來「啪噠啪噠」的腳步聲，以及鐵鏈「匡噹」的聲響，似乎有人穿著皮靴，拿著鎖鏈走近，接著又傳來嘈雜的說話聲。

「有人來了？」小仙大吃一驚，和朱生一起從窗縫偷看，只見一位臉色黝黑、穿著黃金盔甲的巡天守將，一手拿著鎖鏈，一手握著大槌走到小屋前，而天女們在門外團團圍著他。

守將嚴厲的問：「大家都到齊了嗎？」

天女們回答：「都到齊了。」

「哼！」守將的眼光掃過她們，「如果有天女私自藏匿凡人，你們一定要立刻告發她，不要自討苦吃。」

天女們連忙辯駁：「我們什麼都不知道，請守將明察。」

「真的嗎？」守將突然轉身，一雙鷹眼盯著小屋，彷彿就要破門而入。

小仙害怕得發抖，面如死灰。「快！趕快鑽入床底下。」她一邊叫朱生躲起來，一邊打開後牆上的小門，慌慌張張的逃走。

朱生趴在床下動也不敢動，只聽見「砰」一聲，房門被推開，沉重的腳步聲進入屋裡，他嚇得不敢呼吸，所幸守將很快又走了。

沒多久，屋外喧嚷的聲音越來越遠，朱生這才稍微安下心來，

可是外頭仍不時傳來有人走動和交談的聲音。

「不能動、不能動……」朱生心驚膽戰，惶惶不安，「萬一那個守將又回來了，或是被別人發現蛛絲馬跡該怎麼辦？」

朱生屏氣凝神的蜷伏在床下，時間過了好久，他耳中彷彿聽見蟬聲大作，眼裡幾乎要噴出火來，狼狽不堪又難受得要命。但也沒有別的辦法，他只能靜靜等待小仙回來。

躲在黑暗的床底，朱生漸漸失去意識，恍惚中幾乎忘了自己是誰？從何而來？

◆◆◆

而牆的另一頭，孟生發現才一眨眼的時間，大殿中已找不著朱生的身影。他急忙向老和尚詢問：「我的同伴走了嗎？」

老和尚笑著說：「朱施主前去聽佛法了。」

孟生問：「在哪兒？」

「不遠不遠。」老和尚說完，伸出手指敲了敲牆壁，喊著，「朱施主，為何去了那麼久還不回來？」

他剛說完，牆壁上竟突然出現了朱生的畫像——他佇立在壁畫中，彷彿聽到有人喊他。

老和尚又喊：「回來吧！孟施主已經等你很久了。」

只見朱生從牆壁上飄然而下，他呆若木雞的站著，雙腳發軟，看起來驚魂未定。

「發生了什麼事？」孟生很驚訝，朱生彷彿失了魂，一下子衰老許多。朱生吞吞吐吐的把進入畫中的事說了一遍，「最後我一個人躲在床底下，忽然聽到『轟隆轟隆』的敲牆聲，彷彿打雷一般，嚇得跑出來，沒想到一瞬間便回到這裡。」

「這幅壁畫……咦？」孟生聽完驚疑不定，他和朱生一起看向壁畫，畫面中的拈花少女原本頭髮是垂下來的，現在已高盤髮髻，變成一位小婦人的模樣。

朱生連忙請教老和尚這是怎麼一回事？

他笑著回答：「幻象由人心而生。我這個老和尚要如何解釋呢？要問就問你的心吧！」

朱生聽得滿臉疑惑，他念念不忘小仙的一顰一笑，然而一場愛戀一場夢，到頭來都只是一場空，想想又變得抑鬱寡歡。

朱生和孟生帶著滿腹疑問和遺憾離去，而那幅壁畫依然靜靜的立在大殿上，畫上雲彩縹緲、落花如雨，彷彿永恆不變，又彷彿千變萬化，只不知下次它又會召喚誰呢？

改編自《聊齋誌異．畫壁篇》

小狸筆記

哇！真想親眼見識一下這幅天女散花的壁畫。不過，這位朱生到底是怎麼進入畫裡的？不會撞到牆壁嗎？又為什麼只有他一個人被吸進壁畫裡呢？

如果有一天，我畫裡的人物變成了真人，還能讓我到他們的世界裡一遊，應該也會滿有趣的。決定了！以後我不只要認真學習仙術，也要精進自己的畫技，相信有朝一日，我也能成為奇幻壁畫大師！

4 俏女鬼與妖姥姥

每晚睡覺前，學苑都會播放晚安故事給學員們聽，但不是溫馨可愛的那種，而是各種鬼故事。

小狸超喜歡聽鬼故事，越恐怖的越刺激有趣。

「可是聽了鬼故事不會做噩夢嗎？」花花抗議。

「哈哈，晚安故事是我精心設計的沉浸式教學。」白狸長老笑著說，「其實世界上未必真的有鬼。而且別人可以怕鬼，咱們修練者可不能，如果真的碰上了，反而要積極打擊惡鬼。」

「鬼也分好壞？」

「上了這麼多堂課，你們還沒搞清楚重點嗎？」白狸長老嘆了一口氣說，「重點不是人或鬼，而是心。今天就來說個古廟裡的鬼故事。傳說中，年久失修的古廟因為荒僻幽暗，許多四處飄蕩的幽魂會聚集在那裡，有的滿懷怨念，有的淒苦無依，也因此在人與鬼的交鋒中，留下了許多怪談與傳說。」

◇◇◇

慷慨、豪爽、正直，是朋友們形容甯采臣的「關鍵字」，他雖然是個文弱書生，但為人光明磊落、不貪財、不好色，即使在路上撿到金元寶，也不會占為己有。

有一次，甯采臣到浙江金華府辦事，途經城北時，偶然經過一座古寺。

「趕了那麼久的路，有點累，不如進去休息一會兒。」甯采臣進了寺廟，只見到處長滿比人還高的野草，層層疊疊的，掩蔽了原本雄偉的大殿和寶塔。

「這座陳舊的古寺，看起來已經很久沒有人來訪了。」甯采臣發現寺廟中各處灰塵密布，年久失修，忍不住搖頭嘆息。他走到大殿後方，東西兩側的禪房空無一人，房門虛掩，蛛絲纏繞，似乎荒廢已久，只有南面一間小屋的門上，掛著一把新鎖，好像有人居住。

他再繞了一圈，大殿東邊角落有一片參天的竹林，臺階下有個大池塘，池裡處處綻放著鮮豔的野蓮。

「哇！這裡又美又安靜，讓人忘記一切煩憂。」甯采臣深愛此處幽靜，而且恰逢考季，城中客棧人滿為患，價格又貴得要命，「不如我先在寺裡逛逛，等住持回來再問問看，能不能在這兒借住幾天？」

等到傍晚，終於有人回來南院小屋。但那人不是住持，生得濃眉大眼，滿臉鬍鬚，看起來倒像一位俠士。甯采臣上前行禮，並問：「大哥，我剛從外地來，很喜愛寺裡的幽靜，不知能否在此暫住幾日？」

那人哈哈一笑，說：「我叫燕赤霞，這座寺廟已荒廢，連個和尚也沒有，我也不是寺裡的人，只是寄居在此。不過寺院荒僻，鬧鬼的傳聞頗多，如果你不怕，隨你愛住多久就住多久。」

「太好了！」甯采臣立刻找了間廂房，挽起袖子清掃，並鋪些乾草為床鋪，又架起幾張木板做桌子，充當自己的小窩。

那天晚上月光皎潔，寺裡好像灑上一層銀光。初來乍到的甯采臣，翻來覆去睡不著，只聽到屋外隱隱傳來婦女的說話聲。

「咦？這附近有人家嗎？」他好奇的走到屋外，看見寺院北邊有一道牆，牆上有一扇石窗，聲音就是從那兒傳過來的。甯采臣偷偷往窗外看，牆外有座小院，裡頭有兩位婦人，一位看起來大約四十多歲，另一位則是個彎腰駝背、老態龍鍾的老婆婆，她穿著紅色衣服，頭上插了把長長的銀梳。

兩人正在月光下聊天，一位十七、八歲的女孩走進來。這女孩冰肌玉骨，明眸皓齒，看起來美若天仙。

「小倩，你來晚了！」老婆婆面色一沉，冷冷的說，「別壞了我的好事。瞧你長得像畫中美人，男人見了你，魂都要被勾走了！」

那位叫小倩的女孩低下頭，順從的對老婆婆說：「姥姥，我不敢忘記您交代的工作。」

甯采臣心想，原來這一老一少是祖孫，但這位老婆婆看起來挺凶的，說的話也很難聽。

三人又嘀嘀咕咕說了些話，但聲音很小，甯采臣沒有聽清楚。「沒想到這座荒涼的古寺附近還有人家。」他轉身走回房間，躺回乾草堆上，準備入睡。

過了一會兒，談話聲停止了，四周變得一片寂靜。

忽然從門口襲來一陣冷風。「有人來了嗎？」甯采臣剛要睡著，

急忙起身查看，只見那位名叫小倩的女孩從門口進來。他大吃一驚的問：「姑娘，這麼晚了，你來這裡幹什麼？」

小倩笑臉盈盈的靠過來，說：「公子，你一個人來到陌生的地方，一定想找人說說話，我只是想來陪陪你。」

「不可以！孤男寡女共處一室，會惹別人說閒話。」秉性正直的甯采臣，板起臉一口拒絕。

小倩含情脈脈的對甯采臣撒嬌道：「深夜裡沒人會知道的。」

「快走開！」甯采臣急得推開小倩，「再不走，我就要喊燕大哥來了！」

「你別不理我啊！」小倩徘徊著不肯走，一雙大眼睛水汪汪的，幾乎要掉下淚來。

甯采臣雖然有點不忍心，卻還是揮手趕她走。

小倩只好離開，但馬上又轉身回來，把一錠金子放在甯采臣的面前。

「你想用金錢引誘我嗎？」甯采臣把金子扔到門口的臺階上，氣憤的說，「這種不義之財，不要弄髒了我的口袋！」

小倩滿臉羞愧，走出房門默默撿起金錠離開，邊走邊嘆氣的說：「唉！真是個鐵石心腸的男子。」

這樣鬧了大半夜，甯采臣才能稍稍歇息。

第二天天亮後，他去北牆那兒查看了一下，只見小院門扉緊閉，小倩、中年婦人和姥姥都不見人影，雖然覺得昨晚事有蹊蹺，但又不想大肆聲張，便打算暫時不告訴任何人。而燕赤霞一早就出門了，也無法找他商議。

那天，寺裡又來了一位從蘭溪來的書生。他帶著僕人到城裡應考，借住在寺裡的東廂房。

甯采臣正高興多了個伴，誰知道，那位書生當天夜裡竟然暴斃身亡！僕人慌慌張張的四處找人幫忙，並哭天喊地的說：「少爺昨晚還好好的，怎麼莫名其妙就死了？」

說也奇怪，那位書生全身上下沒有任何傷口或瘀青，只有腳板心有個小孔，滲出一些細細的血絲，好像是被錐子刺的。

更離奇的是，過了一個晚上，書生的僕人也死了，死狀一模一樣，腳板心同樣也有個小孔。

寺裡接二連三的發生怪事，傍晚燕赤霞回來後，甯采臣連忙去找他討教：「燕大哥，你知道他們的死因嗎？」

「糟了！」燕赤霞一聽，表情凝重，跑去東廂房查看兩名死者。

燕赤霞去了許久，一回來就催甯采臣離開：「我猜得果然沒錯，他們都是被老妖害死的。繼續住在這裡不安全，你還是快走吧！」

不過，甯采臣的性格剛毅，並沒有把鬼怪之說放在心上，繼續留宿在寺中。

那天深夜，小倩又來找他。甯采臣才開口要喊燕赤霞，小倩立刻摀住他的嘴。

「不要出聲，我是來警告你的。」小倩輕聲說，「想必你已猜到，其實我是個女鬼，十八歲時就病死了，被人埋在這座寺院的北邊。更慘的是，這附近長年被一個凶殘無比的老妖霸占，她常常威脅、恐嚇我，逼我殺了不少人。」

甯采臣恍然大悟，忍不住出聲：「你說的就是那個姥姥嗎？」

小倩點點頭答道：「對，她是一個千年老妖，妖術十分厲害，酷愛喝人血、吃人心肝，另外那個婦人是她的幫手。」

她接著說：「這幾天妖姥姥已逼著我連殺兩個人，又要求我明晚來殺你。」

「那位書生和僕人都是你殺的？」甯采臣嚇一大跳，連忙追問，

「你是用什麼方法殺人的？」

「人心貪婪，不是貪財就是好色。」小倩解釋說，「妖姥姥叫我先用美色去勾引男子，若是色誘不成，就拿金子去利誘他。其實那根本不是真金，而是惡鬼骨頭變成的。只要那人上鉤，再悄悄用錐子刺他的腳心，他很快便會昏迷不醒，我再吸他的血給老妖喝。」

甯采臣聽得心驚膽戰，要是他稍有妄念，老早就被殺害了。

小倩又警告他：「你已被妖姥姥盯上，想逃也逃不了，現在只有一個人可以救你。」

「誰？」甯采臣問。

「燕赤霞。」小倩說，「他不是普通人，只要和他待在一起，妖姥姥就不敢靠近你。」

甯采臣說：「這樣的話，我們一起去求燕大哥幫忙。」

小倩輕輕嘆了口氣說：「唉，我既是鬼，又害過許多人，燕赤霞恐怕不會放過我的。」

沒錯，嫉惡如仇的燕赤霞一定不會輕饒小倩。那該怎麼辦？

「我今晚鼓起勇氣來報訊，就是想求你一件事。」小倩懇求道，「我從來沒見過像你這般正直的人。如果你能逃過這一劫，請一定要幫幫我。我被困在妖姥姥的魔掌下，好像掉進茫茫苦海，永遠上不了岸。希望你脫身之後能帶我的骨灰離開這兒，找個清淨的地方重新安葬，這樣我就不用再受那個老妖挾制了。」

「好，一言為定。」甯采臣感激小倩來向他通風報信，也同情她的處境，便問，「你的墳墓在哪裡？」

小倩回答：「就在寺外的白楊樹下，樹上有個烏鴉巢可當作記號。」說完，她便輕飄飄的離開了，漸漸消失在黑夜中。

甯采臣好不容易熬到天亮，便把鋪蓋、行李統統搬到燕赤霞的房裡，又準備了酒菜，要求與他同住。

「小兄弟，我個性孤僻，喜愛清靜，不習慣與人同住一屋。」燕赤霞起初不肯，但甯采臣賴著不走，拖到了晚上，燕赤霞只好答應留他睡一晚。

臨睡前，燕赤霞囑咐甯采臣：「小兄弟，千萬不要亂翻我的箱子和包裹，否則對你我都沒好處。」

燕赤霞將一個小箱子放到窗臺上，接著上床睡覺，很快就鼾聲如雷。

甯采臣擔心老妖來襲，怎麼也睡不著。夜越來越深，窗外颳起了陣陣冷風，淒厲的風聲如泣如訴，聲聲刺骨，接著一個漆黑的人影慢慢靠近窗戶，忽隱忽現，雙眼閃著紅光，悄悄的往屋裡窺探，

露出猙獰的血盆大口。

「老妖來了！」嚇壞的甯采臣正要喊醒燕赤霞，忽然聽見「咻」一聲，窗邊的小箱子發出聲響，有個東西撞開箱子飛出來，好像一條耀眼的白絹，撞斷窗櫺射出去，再迅速落回箱子裡，不再發亮，速度快如閃電。

窗外的黑影慘叫一聲，瞬間消失無蹤。

「哇！什麼東西如此厲害？」甯采臣暗暗心驚。

這時燕赤霞已經醒了，他翻身而起，捧起箱子檢查，並拿出一個東西，對著月光瞧了瞧、又嗅了嗅。

那個東西在月光下閃閃發亮，長大約有七、八公分，寬大約兩公分，相當於一片韭菜葉子的大小。

「嗯，好重的妖氣。」燕赤霞搖搖頭。

「大哥，您到底是什麼人？手上拿的東西又是什麼？」甯采臣忍不住問個明白。

「既然你都看到了，我也就不必再隱瞞。」燕赤霞把手上的東西遞給他瞧，原來是一柄亮閃閃的小劍。

燕赤霞解釋：「我是捉妖人，這柄小劍並非普通的劍，而是斬妖劍。要不是窗櫺阻擋，當場便能斬殺那個老妖。雖說老妖沒死，但已身受重傷，這陣子再也無法作怪。」

甯采臣聽了，終於放下心來，小倩應該暫時安全了。

燕赤霞又說：「這老妖果真厲害，不僅害得劍箱破了，剛剛那柄斬妖劍上，還沾著一股濃濃的妖氣！」

說完，他把斬妖劍用布裹了好幾層，收回箱中。

第二天一早，甯采臣到窗外查看，只見地上有一大灘黑血。甯采臣想起小倩的囑託，走出寺院，果然看見北邊有一大片荒塚。其中一座墳墓旁有棵白楊樹，樹上有個烏鴉巢。

甯采臣擔心燕赤霞手下不留情，不敢坦承小倩的事，便謊稱有個妹妹葬在寺外，這次要順便將她的骨灰帶回家鄉安葬。

等事情都辦好了，甯采臣便向燕赤霞告別。燕赤霞送他一個破皮囊，交代說：「這是斬妖劍袋，你務必要好好收藏，可以防止妖魔鬼怪的侵襲。」

甯采臣向燕赤霞道謝，用衣物包裹著小倩的骨灰甕，租了一艘船回鄉，一路上平安無事，再也沒有遇到任何妖怪。

「要把小倩葬在哪兒才好？」甯采臣回家後，左思右想，不忍心讓小倩孤零零的，便把她就近安葬在書房外的荒地，希望她不再被惡鬼欺凌。

當他把一切打理好，轉身回屋時，忽然聽見身後有個女子的聲音：「等一等，我和你一起回家。」是小倩的聲音！他不敢置信的回過頭，只見小倩肌膚紅潤，笑臉盈盈的望著他。

難道小倩真的復活了？其實不論是人或是鬼，甯采臣坦蕩蕩的都不害怕，他和小倩曾一起跨過幽冥、走過生死，再次相逢只會更珍惜、更愛護彼此，希望從此再也不分離。

改編自《聊齋誌異・聶小倩》

花花筆記

原來生長於中國北方的人，稱呼外祖母為姥姥。照理說姥姥應該是和藹可親的，但這個千年妖姥姥真是可怕，若是不小心被她盯上了，可就死無葬身之地啦！幸好甯采臣心志夠堅定，不過話說回來，也多虧小倩在最後關頭跑來告密，否則恐怕也難逃千年姥姥的魔掌。

如果你是小倩，會用什麼辦法擺脫妖姥姥的魔掌？如果你是甯采臣，在小倩害了兩條人命之後，還願意相信她說的話嗎？

5 山中奇緣

又到了戶外教學課，學苑的後山樹林密布，雲霧繚繞，匯聚了山川自然的靈氣，堪稱最佳的幻術教練場。

白狸長老隨手摘了一片葉子，宣布這一日衣食住行全靠它。

「一片葉子？長老啊，您別開玩笑了！」小狸哇哇叫，戶外教學的重點不就是「野餐」嗎？

白狸長老唸唸有詞，伸手一指，那片葉子飛快的旋轉，最後落入小溪中，變成一艘小舟，釣魚、泛舟皆適宜。

小狸拍手叫好：「長老，再變一個！」

白狸長老瞪了小狸一眼，說：「你是來看魔術表演的嗎？還不趕快去修練。萬物皆有妙用，只要運用得當，石頭也能變成金，何況是一片葉子呢？不過，在各自解散前，我先來介紹深山裡的幻術大師翩翩仙子的故事。」

◎◎◎

如果有人問，比倒楣更倒楣的傢伙是誰？答案鐵定是乞丐羅子浮。破產、失戀、飢餓、生病、流落街頭……種種慘事，好像一顆顆大石頭接二連三砸下來，狠狠的將他打趴在地上。

而誰能想到，這個衣衫殘破、渾身膿瘡的臭乞丐，曾是一位傲嬌小公子？

羅子浮原本是個孤兒，家住陝西彬縣，他的叔叔貴為當朝大官，有錢有勢，只有一個大遺憾——膝下無子。因此他把唯一的姪子羅子浮，當成親生兒子般疼寵，供他在錦衣玉食中長大。

可惜，年輕的羅子浮交上壞朋友，整日吃喝玩樂，甚至為了一位美女離家出走，完全不跟叔叔聯絡。但是才過了半年，他身上帶的銀子已花個精光，又得了可怕的癩病，被那女子毫不留情的掃地出門。

這下子羅子浮無依無靠，又窮又病，人人避之唯恐不及，最後淪落到街上討飯。

這時候他才想起了叔叔，「萬一我在外地死了，大概也沒有半個人知道吧？」

羅子浮心中害怕，打定主意，雖然路途遙遠，但就算沿路乞討也要回家。他每日走三、四十里，好不容易到了彬縣邊界，眼看家就在前方，反而猶豫起來。

「我現在這副模樣，怎麼有臉見叔叔呢？」羅子浮看看自己，衣服破舊、傷口潰爛、臭氣熏天，羞愧、懊悔、自憐……種種情緒在他的心頭翻攪。羅子浮不敢繼續往前走，也不願離開，只好上山找間小廟，打算先寄宿幾日再說。但山路難行，石階又高，根本望不到盡頭，他雙腿發軟，走一步停一步，不知何時才能歇腳。

這時天色漸暗，一位女子從山路那頭迎面走過來。她穿著一襲綠羅裙，膚白如雪，柳眉杏眼，就像仙女一樣美麗，而且走動間隱約傳來一股淡淡的清香。

她見羅子浮一身狼狽，好心的問：「你是誰？太陽都快下山了，怎麼還一個人在山裡？」

羅子浮聽了悲從中來，忍不住把自己的遭遇一五一十的說出來。

女子聽完並沒有嘲笑他，反而柔聲安慰：「我叫翩翩，是個出家人。你今晚就暫住我家吧，雖然地方簡陋，但可遮風避雨，也不必擔心遭到山林野獸的攻擊。」羅子浮連聲道謝，跟著她走進山裡。

翩翩帶著羅子浮穿過層層樹林，一路走進深山，來到一個隱密的洞穴前。洞口有扇門，推門進去，一條清澈的小溪奔流而過，溪上架著一座石橋。兩人穿過石橋，再往洞裡走幾步，前方出現兩間石室。

真奇怪！山洞本該陰暗潮溼，但這兩間石室卻十分明亮，根本用不著點燈燭。裡頭桌椅俱全，打掃得乾淨雅致，滿室芬芳。

翩翩囑咐羅子浮把破衣脫下來，到小溪裡洗個澡：「泡一泡溪水，你身上的爛瘡就好了。」

「怎麼可能？」羅子浮半信半疑的跳下小溪，從頭到腳洗乾淨，整個身子輕鬆許多，潰爛的傷口竟也不疼不癢了。

「你一定累壞了。」翩翩掀開帷帳、鋪好被褥，催羅子浮上床睡覺，「我來幫你做新衣新褲。」

翩翩拿起一片像芭蕉葉的大葉子，又剪又縫，彷彿一般人裁布做衣似的。羅子浮覺得稀奇，直愣愣的盯著她看，只見翩翩一下子

就把衣褲做好，摺疊整齊放在床頭，並對他說：「明天起床記得換上。」

翩翩的聲音如夜風一般輕柔，羅子浮雖有滿腹疑問，但一下子就沉入夢鄉。半夜羅子浮從夢中醒來，摸了摸身上的爛瘡，發現傷口已經癒合，並開始結痂。他安心的再度沉沉睡去。

第二天早晨，羅子浮起床時，想起昨晚翩翩用葉子做的衣褲，忍不住懷疑真的能穿嗎？他把衣褲拿來一看，沒想到，葉子已變成光滑的綠色錦緞。他興奮的換上，尺寸竟都十分合身。

這時翩翩走了進來，手上還拿著一些剛採下的新鮮樹葉，準備做早飯。

「吃葉子？」羅子浮有些遲疑。

「不是葉子，是餅。」翩翩拿了片葉子送入他嘴裡。羅子浮試著咬一口，又香又脆，就和剛烤好的餅一模一樣。

翩翩又拿起剪刀，把幾片樹葉剪成雞和魚的形狀，丟進鍋裡烹煮。羅子浮拿起筷子，夾了幾口來吃，咦？色香味竟也跟真的雞肉、魚肉沒兩樣。「再喝些酒暖暖身子吧。」翩翩叫他去角落將瓦罐取來，罐裡裝滿了酒，隨他愛喝多少就喝多少。

羅子浮已經好久沒有像這樣飽餐一頓了，他開心的吃著喝著，發現只要稍微喝掉一些酒，翩翩就會舀一些溪水灌入瓦罐，怪不得裡面的酒好像源源不絕喝不完。

「莫非翩翩是仙女？」羅子浮忍不住問，但翩翩只是微微一笑，沒有回答。

羅子浮在山中住了幾天，身上的瘡疤統統脫落了，恢復原來俊俏的模樣。然而，翩翩的善良和美麗，讓他捨不得離開，即使病好了也不肯走。

時間一久，兩人漸漸有了感情，便結為夫妻，在山中相依相伴的過日子。

有一天，洞口忽然傳來一陣銀鈴般的笑聲，不知道是誰來了？羅子浮好奇的探頭，只見一位年約二十出頭的少婦，燦笑著走進山洞，她貌美如花、身姿曼妙，一見到羅子浮就朝著翩翩喊：「你這個丫頭什麼時候結婚的？也不告訴我一聲。」

「花城娘子，好久不見啊！」翩翩笑著迎上前，「今天吹什麼風，居然把您這位貴客吹來了？」

花城娘子和翩翩是好友，因前些日子生了個女兒，好一陣子沒空來串門子。翩翩很開心，準備了些佳餚，宴請好姊妹。

花城娘子上下打量了羅子浮一會兒，說：「你這個小伙子，倒是有福氣。」少婦嬌媚的模樣，惹得羅子浮心猿意馬，剝果皮時，故意失手把果子掉到桌底下，然後趁著彎腰撿果子時，偷偷碰了一下花城娘子的腿。但花城娘子似乎沒注意到，依舊和翩翩說說笑笑。

「咦？怎麼這麼冷？」羅子浮突然覺得涼颼颼的，低頭一看，身上的綠色綢緞居然變成了黃色的枯葉。羅子浮心頭一驚，趕緊收心端坐，枯葉才漸漸又恢復原狀。

「幸好她們都沒發現。」羅子浮拍拍胸口。但沒過一會兒，他又忍不住藉著勸酒的機會，悄悄捏了一下花城娘子的手。

慘了！他身上的衣裳又變成了枯葉，這回過了好一陣子，枯葉才變回綢緞。他又羞又悔，再也不敢胡思亂想。

其實這些事怎麼瞞得過翩翩和花城娘子呢？兩人只是假裝不知情，席間有意無意的嘲諷羅子浮幾句，聽得他提心吊膽。

花城娘子趕著回家照顧女兒，沒多久就離開了。

「翩翩會不會罵我？或是趕我走？」羅子浮知道自己做錯了，心中直打鼓。可是翩翩沒有多說什麼，仍舊照常打理家務，採葉做飯。

又過了一陣子，到了深秋時節。山中的風特別冷，霜打在樹上，枝頭的葉子紛紛落下來。翩翩忙著收集落葉，準備過冬的糧食。而羅子浮整個人都快凍僵了，縮著身子直發抖。

翩翩見了，隨手拿了塊帕子，到洞口撿了幾片白雲包起來，把雲絮當作棉花為羅子浮縫了件新夾襖。這件夾襖又輕軟又蓬鬆，就跟新棉花做的夾襖差不多。羅子浮穿上夾襖，全身馬上熱呼呼的。

羅子浮暖衣足食，整個漫長冬季倒也過得舒服愜意。

冬天過去，小倆口迎來新生命，那是一個可愛的小男孩。羅子浮天天逗著兒子玩耍，人生已別無所求。只有一件事讓他掛心：叔叔年紀大了，不知有沒有人照顧他老人家？

自從當了爸爸，羅子浮越來越思念從小疼愛他的叔叔，常常懇求翩翩，一起帶兒子下山回家。

但是翩翩不肯，回說：「別擔心，叔叔雖然年紀大了，可是身體硬朗，不用掛念。等兒子長大，你要走或要留都可以。」

從此，翩翩好像在做準備似的，有空便教兒子識字讀書。小小孩子聰慧過人，過目不忘，領悟力超強。翩翩對羅子浮說：「這個孩子福氣好、天資高，若是回到塵世生活，一定能功成名就。」

◇◇◇

時間匆匆過去，小男孩長成少年郎，並迎娶了花城娘子的小女兒為妻。有了貌美又孝順的媳婦，翩翩心滿意足，在喜宴中一邊喝酒一邊唱：「我有佳兒，不羨大官。我有佳媳，不羨錦衣。」

過了不久，羅子浮再度提起返鄉的事。這次翩翩不再挽留，只說：「你一身俗骨，終究不能成仙。兒子天生富貴命，也不該一輩子埋沒在山裡。」

說完，她便拿起剪刀，將兩片樹葉剪成驢子的形狀。驢子落了地，嘶鳴幾聲，蹄聲噠噠的跑了起來。翩翩和他們父子、媳婦三人道別，讓他們一起騎驢下山。

這時當官的羅叔叔已告老還鄉。他一直以為姪子早就死了，忽然見到羅子浮帶著兒子、媳婦回來，如同寶貝失而復得，高興得直掉眼淚。

不過說也奇怪，當羅子浮三人踏進家門的剎那，身上的衣裳便全部變回了芭蕉葉，衣服裡的棉絮也化成白雲，飄到空中，消失得

無影無蹤。三人只能脫下舊衣，換上一般的衣裳。而那兩頭驢子則毫不猶豫的離去，從此不知去向。

後來羅子浮思念翩翩，帶著兒子回山上尋找故居，只見滿山黃葉，四周雲霧瀰漫，繞來繞去，卻再也找不著那個居住了十五年的山洞，只能依依不捨的離去。那段採葉為食、捉雲縫衣的山居歲月，如夢似幻，恐怕此生再難尋覓。

改編自《聊齋誌異・翩翩》

花花筆記

原來在幻術高手的手中，一片樹葉也能千變萬化，變成各種食物和衣裳。其實許多植物的枝葉、花和果實，都是山裡動物們的天然食材和築巢建材；天冷時還能用來取暖呢！

想想看，在我們的日常生活裡，有沒有什麼天然材料能夠善加利用，製成有用的東西呢？或者你曾經發揮什麼巧思，將應該被回收丟棄的物品，改造成能夠二次利用的東西呢？

6 夜叉國的驚奇冒險

大海上變化萬千，透過粼粼波光，使人們的幻想有了無盡的折射，也孕育了許多神奇的海洋傳說。

白狸長老年輕時，曾到各處遊歷，在海邊遇過幾個長相奇特的人，他們的眼睛大、牙齒尖，力大無窮，自稱夜叉。

「夜叉從哪裡來的？長老怎麼認識他們的？」

「是不是很凶？會吃狸貓嗎？」小狸貓們七嘴八舌的問。

「夜叉來自海的另一頭，因為在海上漂流迷了路，才來到這裡。

他們跟我說了夜叉國的故事，現在就讓我說給你們聽聽，了解這個無奇不有的世界。」

◎◎◎

南方交州有一位姓徐的商人，姑且稱呼他小徐，經常揚帆出海做生意。有一次，海上突然颳起狂風，把整艘船捲走。狂風巨浪之下，他幾乎站立不穩，也睜不開眼睛，只能任由船隻漂流。等到風浪平息，他可以睜眼時，船已擱淺在某個海邊。

小徐放眼望去，岸上到處是高山和密林，而且還有許多未曾見過的樹木、藤蔓和野草。「這裡會有人家嗎？」他抱著一絲希望，用纜繩把船綁在岸邊大石上，背著船上僅剩的乾糧和肉乾上岸，希望能找到人幫忙。

小徐剛走進山裡，便看見兩邊山崖上布滿洞穴，裡面隱隱約約傳出說話聲。他走近其中一座山洞，往裡偷看，看見兩個醜怪的夜叉，他們的雙眼又大又亮，好像兩盞燃燒的大燈；兩排尖牙如刀如戟，而且動作粗暴，一邊用像爪子的手撕扒鹿肉，一邊血淋淋的生吞下肚。

他們到底是人還是獸？小徐嚇得魂飛魄散，轉身就跑。可惜來不及了，夜叉們一轉頭就發現了他，立刻扔下鹿肉，一把將他抓進洞裡。

兩個夜叉對著他指指點點，又嘰咕嘰咕的說個不停，聽起來像鳥叫，又像野獸嘶吼，小徐一個字也聽不懂。接著，夜叉們竟然直接扒開他的衣服，張口就咬。

「慘了！他們八成把我當成獵物。」小徐渾身發抖，但腦子一轉，迅速拿出袋中的乾糧和肉乾，遞給夜叉們吃。

兩個夜叉大口吃個精光，又來翻他的袋子。小徐搖搖手，表示袋裡已沒有食物。夜叉們又吼又叫，再次把他抓起來。

「饒了我啊！」小徐苦苦哀號，「我的船上有鍋子，可以幫你們煮東西吃。」

但夜叉哪聽得懂？眼看就要變成他們的嘴中肉，小徐趕緊比手畫腳再解釋了一遍，夜叉們才大概明白他的意思，便跟著他一起上船，把鍋具搬回山洞。

小徐在洞口找到一些樹枝，燒起柴火，將夜叉們剛才吃剩的鹿肉放進鍋裡，燉煮熟了給他們吃。一時間肉香四溢，夜叉們從來沒吃過這麼美味的東西，一邊狼吞虎嚥一邊露出滿足的笑容。

這時天色已晚，夜叉們吃飽要睡了，便推了塊大石頭把洞口堵住。「夜叉是不是怕我偷偷逃走？」小徐擔心夜叉們半夜起來把他當宵夜吃了，不敢熟睡，便找個較遠的角落，蜷著身子打盹。

天亮後，夜叉要出門，便把石頭挪走，但一出去又立刻把洞口堵死。小徐哀嘆一聲，這下子他想逃也逃不掉了。

過沒多久，他們帶回了一隻淌著鮮血的鹿，應該是剛剛被捉到的。夜叉們把鹿交給小徐，又指指鍋子。

小徐一看便懂了，立刻動手剝掉鹿皮，又到洞底湧泉口打水，把鹿肉沖洗乾淨，生火煮了一大鍋肉。

沒多久，肉熟了，在鍋裡咕嘟咕嘟的冒出香氣，這時又來了一群夜叉，興奮得又叫又鬧，和原先的兩個夜叉一起圍在鍋邊，一下子就把整隻鹿肉啃光光。夜叉們吃完，嘰咕嘰咕的說笑，還伸手指指鍋子，似乎是嫌「這個東西」太小了。

過沒幾天，一個夜叉背來一口大鍋。小徐忍不住猜想：「不知他們從哪兒得到這口大鍋？難道之前還有其他船隻來過這裡嗎？」

從此以後，夜叉們天天都帶著獵物來山洞，有時獵匹狼，有時捉來獐或鹿，統統交給小徐烹煮，也會喊他一起吃。

剛開始小徐還會害怕夜叉，一時興起把他生吞活剝了，但漸漸發現，他們只是外表、語言、習慣跟自己不同，但對家人和朋友都很好，有好東西會一起分享，還會互相幫忙。

日子久了，小徐慢慢聽得懂一些夜叉話，也結結巴巴的學著說。夜叉們也不再防備他，出入洞穴時不再堵住洞口，待他如一家人，甚至可憐他一個人離鄉背井，找了個母夜叉給他當太太。

「好可怕啊！」他看著面色暗沉、尖牙火眼的母夜叉，還是非常不習慣。但母夜叉很照顧他，有什麼好吃的都給他留一份，相處久了，倒也和樂。

有一天，夜叉們從一大早開始就鬧哄哄的，一個個拿出長長的珠串掛在脖子上，並吩咐小徐多煮些肉，好像有什麼貴客要來。

小徐經商了半輩子，一看到那些珠子，心怦怦的跳，暗自打著算盤：「那些明珠都是難得的珍品，一顆足足值幾百兩銀子啊！」

「今天是什麼特別的日子嗎？」他好奇的問母夜叉。

母夜叉說：「今天是夜叉大王生日，這一天大王會到全國各地巡視，和所有夜叉一起大吃大喝來慶祝。」

她說完看了看小徐，跑去找其他的夜叉要珠子：「我家相公沒有珠串，一定會被別人嘲笑的。」

夜叉們聽了，各自摘下五顆珠子交給母夜叉，她自己也摘下十顆，湊成五十顆，用野麻皮搓成繩子，串起來掛在小徐的脖子上。

「大王來了！大王來了！」這時外頭傳來陣陣歡呼聲。

夜叉們趕緊走出山洞，母夜叉也拉著小徐一起去迎接大王。只見一個巨大無比的夜叉飛奔而上，走進一個大山洞。山上所有的夜叉全跟著進了洞，大家分成兩列，仰著頭，雙手交叉，恭恭敬敬的向大王朝拜。

小徐好奇的打量，這個山洞非常大，大約有幾畝寬，裡頭有塊巨石，平坦光滑的像張大桌子，旁邊圍著幾十個石墩，最大的一個鋪著豹皮，其他則鋪著鹿皮。

「臥眉山的夜叉全在這兒了嗎？」夜叉大王高踞在豹皮石墩上，

魚鷹般的眼神銳利的掃過大伙兒。

「都到了，大王。」夜叉們大聲回答。

這時夜叉大王看見小徐，發現他長相特別，並非夜叉，便問：

「這個人是誰？」

母夜叉趕緊回答：「大王，這是我的相公。」

其他夜叉也爭相稟告：「這個人會生火煮肉，能把肉煮得又香又嫩。」說完，便將小徐剛煮熟的肉統統拿來，獻給大王。

「好吃！好吃！」夜叉大王捧起肉大口的吃啊吃，忍不住連聲讚賞，吩咐小徐以後要按時獻上煮熟的肉，還把自己脖子上的珠串解下來，送了十顆珠子給小徐。

「哇！大王的珠子更稀奇！一顆顆如手指頭一般大，圓圓的好像彈丸一樣。」小徐學夜叉們舉起雙臂，嘰咕嘰咕的用夜叉語向大王道謝。大王吃得盡興，旋風一般的走了。而剩下的肉也被夜叉們一掃而空。

在夜叉大王的認可下，小徐終於可以安心在臥眉山住下，但心中仍非常想念故鄉。時光飛逝，轉眼過了四年多，母夜叉和小徐生下了三胞胎，兩個男孩和一個女孩，長得都不像夜叉，而是像小徐的模樣。夜叉們都很喜歡這三個孩子，常常陪他們玩。

唯一令小徐頭疼的是，母夜叉發怒時非常恐怖。有一次，另一個母夜叉向小徐拋媚眼，剛好被她發現，立刻撲上去扭打，竟一口啃掉那個母夜叉的耳朵，而且從此緊緊守著小徐，一刻也不放鬆。

他害怕的想：「萬一我哪天惹母夜叉不開心，下場一定很淒慘。」

這樣又過了三年，孩子們漸漸長大，雖然小小年紀，但力大如牛，穿山越嶺對他們來說就像走平地一樣，毫不費力。小徐也很疼愛他們，認真教導他們說漢語，孩子們很快的都學會了。

有一天，母夜叉帶著小兒子和小女兒外出打獵，小徐思鄉心切，便帶著大兒子到海邊散心。忽然發現，草叢中有個東西在晃動。他走過去，撥開長長的野草，激動的叫了起來：「咦？這不是我的船嗎？」

海邊風大，然而這艘船竟奇蹟似的沒有一點破損。這正是個千載難逢的機會，但他的大兒子卻很遲疑：「如果我們走了，媽媽和弟弟、妹妹怎麼辦？」

小徐心中為難，但深恐消息洩漏，被母夜叉或其他夜叉阻攔，就再也沒有回家的機會了。

「走！」他毅然決然的帶著大兒子跳上船，拉起帆，乘風而去。幸運的是，他們在大海上航行了一天一夜，便回到交州。

◎◎◎

這麼多年過去，家裡的人以為小徐已死在海上，早把家產變賣光光，人去樓空。

於是小徐拿出兩顆從夜叉國帶回來的明珠，賣掉後又重新添購了房子和田產，與大兒子過著富裕安穩的日子。

為了讓兒子盡快融入故鄉的生活，小徐為大兒子取名為徐彪，並教導他漢人的風俗和習慣。徐彪長大後，勇猛善鬥，加上天生力大無窮，被交州大元帥看上，進入軍隊當兵。

徐彪果然是天生的戰士，南征北討、戰功赫赫，十八歲就做到副將。但他心中始終有個缺憾，深怕再也沒機會見到母親和弟妹。

就在此時，有個商人來見徐彪，帶來夜叉國的消息：「小將軍，半年前我遇上船難，流落到臥眉山一帶，要不是受到您弟弟的幫助，可能再也回不來了。」乍聽到家人的消息，徐彪的思念更深了，便親自出海尋找夜叉國。

但大海茫茫，風浪滔天，他在海上顛簸了半個月，費盡千辛萬苦才抵達臥眉山，接回母親和弟妹。

當船抵達交州時，人們爭相擠在岸邊，想看看母夜叉究竟長得什麼模樣？但一見到母夜叉火眼尖牙的樣子，又嚇得全跑光。

母夜叉一見到小徐，劈頭就用夜叉語罵個不停：「當初為何不說一聲就走了？」小徐自覺理虧，連忙向母夜叉謝罪。一家人終於團聚，其中小兒子徐豹和小女兒徐夜兒，也跟大哥一樣力大無窮，都是天生的戰士。母夜叉也常常親自披甲上陣，為兒女打先鋒，敵人一見到她，就逃得遠遠的，堪稱地表最強女戰士，最後還被皇帝封為夜叉夫人。

從此，交州街頭便流傳著一首打油詩：「天不怕，地不怕，就怕家有母夜叉；黃金黃，白銀白，披甲夫人勝萬金。」

改編自《聊齋誌異·夜叉國》

小狸筆記

哇！大海的另一頭住著什麼樣的人？過著什麼樣的生活？故事裡的夜叉國究竟在哪兒？真的有夜叉嗎？

在交通不便的時代，的確很難想像，在海洋另一端的國家、種族和生活是什麼樣子？即使在現代，要跟來自不同文化、地區的外國人交流，可能一時之間也會難以適應。

你有沒有出國旅行的經驗？或者遇過來自其他國家的人？你覺得他們的外貌、語言和習慣，跟你有哪些差異？

「這是我昨天在白狸長老收藏的那本古籍裡偷翻到的航海圖，你們看，上面還畫了龍宮喔！據說，龍宮就藏在深海的某處，但是，就算按圖索驥，也不一定找得到。」小狸神祕兮兮的說。

「咳嗯——小狸！」果然，他才拿出來獻寶沒多久，又被長老逮個正著。

「哎呀，長老，我就是想知道龍宮是什麼模樣嘛？海龍王又有多厲害？」

「汪洋大海裡除了魚群、蝦蟹以外，還有哪些稀奇古怪的動物或神魔呢？」大家紛紛好奇的猜想。

「既然好奇，那就跟著少年小馬來一場海上奇幻漂流吧！」白狸長老一邊比劃著航海圖，一邊說起了故事。

◆◆◆

什麼是美？什麼是醜？長相美醜與人生際遇有關嗎？這些問題對少年馬驥來說，幾乎不曾出現在他的腦袋瓜裡。殊不知，多年後的一趟海上冒險，竟會完全顛覆這個少年的想像。

馬驥是誰？以現在的話來說，他就是個花美男，不僅相貌俊秀，而且喜愛聽戲唱曲，常常把錦帕纏在頭上，打扮成小旦，婀娜多姿的唱曲扮戲，圈粉無數。

馬驥十四歲進學堂念書，但他的父親是位商人，年紀漸老，無法繼續走南闖北，便把他叫來：「兒啊，你空讀了幾卷書，餓了既不能煮來吃，冷了也不能當衣服穿，你還是接手我的生意吧。」

馬驥覺得有道理，便開始學做生意。

有一次，他跟著別人出海做買賣，卻遇到海上颶風，整艘船都翻覆了。他抱著一片船板，在海上漂流了幾天幾夜，最後被沖上岸，來到一個陌生的城鎮。

「妖怪來了！妖怪來了！」城裡的人一見到馬驥，就大叫大嚷的跑開。

「奇怪，那些人在嚷什麼？」起初馬驥搞不清楚，後來才發現，因為他的長相和當地人很不一樣，竟被當成妖怪了。馬驥覺得莫名其妙，在他眼裡，這裡的人才長得怪模怪樣，黑皮膚、綠眼睛、紅頭髮、厚嘴脣……什麼模樣都有，差點也把他嚇壞了。

他感到啼笑皆非，但漂流多日，餓得發昏，心想何不利用這個機會弄點吃的？他索性張開大口，伸出雙手，看到有人在吃東西，就大吼大叫的衝過去搶食。

這招居然見效了，人們一見到「妖怪」衝過來，就嚇得一哄而散，馬驥人生地不熟的，竟靠著這招「撿剩食」，填飽肚子。

他就這樣走過了許多城鎮，某天來到一個山村，村人的面貌沒那麼奇特，髮色和膚色也跟馬驥比較相近。然而，他們身上的衣物都破破爛爛的，好像一群乞丐。

馬驥走累了，坐在樹下休息，村人們不敢上前，只敢遠遠的觀察他，發現馬驥並不會吃人，才敢稍稍靠近。

馬驥笑嘻嘻的和大家聊天，說明自己的來歷，雖然語言不盡相同，村人倒也能通曉大半。

「原來你是從中國來的。」有位村民高興的說，「我祖父曾說，從這裡向西走兩萬六千里，有個很大的國家叫中國，聽說那兒的人長相古怪，今天總算親眼見識到了。」

村人們本就熱情，得知馬驥的來歷後，便奔相走告，並拿酒食來宴請他。

馬驥心裡暖洋洋的，自從他踏上這塊土地以來，這還是第一次有人願意接納他、歡迎他。

「請問這裡是哪個國家？你們為什麼如此窮困？整個村子看起來像乞丐村？」馬驥憋了一肚子的問題，趁機一次問個明白。

「這裡是大羅剎國。」村人們回答，「我們國家不重視才華，只看重美貌。最美的人可當朝廷高官；差一點的，可做地方官；再差一點的，也能得到貴人的寵愛，養家活口、吃穿不愁。只有像我們這樣的醜八怪，被大家視為不祥之兆，大多數人一出生就被父母拋棄，一輩子只能做苦力，勉強餬口。」

馬驥搖搖頭，這真是個奇怪的選才制度。不過他從來沒聽說過大羅剎國，十分好奇，便請村人帶他去都城逛逛。

「沒問題，都城不遠，就在北邊三十里的地方。」有個村人阿標自告奮勇的帶路。第二天清晨，他便帶著馬驥出發，天亮時就到了都城。

「哇！真壯觀。」馬驥仰頭觀看，高高的城牆是用黑色的大石堆疊而成，看起來十分堅固，好像鐵打的城堡。城上的樓閣大約有百尺高，屋頂沒有瓦片，而是鋪上一種如丹砂的紅色石頭。

這時，一輛輛馬車從王宮裡出來，達官顯貴威風八面的坐在車上呼嘯而過，原來他們正趕上退朝的時刻。

阿標指著一位馬車裡的官員說：「看，那位就是相國。」

相國是這裡最大的官，照理說就是全大羅剎國「最美的人」？

馬驥順著阿標指的方向看過去，嚇了一跳，這位相國長得真奇特，長長的睫毛蓋著眼睛，好像窗簾一樣；鼻子有三個鼻孔，兩隻耳朵還反過來。

這時又有一些騎馬的官員出來，阿標說：「騎馬的是士大夫級的官員。」

馬驥一看，他們的長相雖不如相國那般怪奇，但也是五官不

整、鬢髮亂飛、面目猙獰。在他的眼裡，反而官位越低的，外表越不怪異。

馬驥越看越驚訝，但轉頭一瞧，城裡的人都瞪大眼望著他，四處奔逃，還有小孩子嚇得把頭埋在媽媽懷裡哇哇大哭，或是驚聲尖叫。

哎呀！他又忘了，在這裡他才是最醜、最怪、最可怕的！

幸好阿標賣力的幫忙解釋，城裡的人才停止逃跑，但也只敢遠遠觀望，或是關上門，從門縫裡偷瞧他。

馬驥非常沮喪，他既沒打人、也沒吃人，為何大家要嚇成這個樣子？唉……真想念家鄉那些一看到他就欣喜尖叫的大小粉絲。

阿標忽然想起，都城裡有一位退休的宮廷侍衛長，曾替先王出使許多國家，便出了個主意：「我們一起去找侍衛長，聽說他見多識廣，或許不會被你的長相嚇壞了。」

果然，侍衛長看見馬驥不但不害怕，反而興奮得跳起來。

這位侍衛長的相貌也很奇特，兩眼凸凸，又大又圓，像青蛙；鬍子捲捲，又硬又粗，像刺蝟。

侍衛長上下打量著馬驥，笑著說：「呵呵！我年輕時去過很多國家，唯獨沒有到過中國。現在我一百二十歲了，卻能親眼看見來自中國的人。我已經退休十幾年，明早便跑一趟王宮，向大王報告這個大消息。」

第二日一早，侍衛長興沖沖的上朝，請大王召見馬驥。但幾個大臣拚命攔阻：「聽說這人醜得要命，恐怕會嚇壞大王。」大王猶豫不決，此事就此作罷。

「真可惜啊！」侍衛長替馬騢抱不平，並留他在家裡長住下來。

有一回，馬騢和侍衛長一起喝酒，酒喝多了，興致一來，把煤灰抹到臉上，扮作黑將軍張飛，拔劍起舞。

侍衛長看了，連連稱讚：「黑漆漆的大花臉真好看啊！你就用這張臉去見相國，他一定會錄用你，高官厚祿隨之而來。」

「哈哈，裝扮只是好玩而已，」馬騢搖手笑說，「人怎麼能為了榮華富貴，故意改頭換面呢？」

侍衛長卻一再鼓勵馬騢，並在家裡設宴款待其他大官。酒酣耳熱之際，馬騢照著侍衛長的吩咐，扮成張飛粉墨登場，連歌帶舞表演了一段〈戈陽曲〉。

「奇怪，這個中國人怎麼變美了？」大官們刮目相看，並爭相把馬驥推薦給大王。

「真的有那麼美嗎？」大王聽了心動，立刻召見馬驥。這一見，不得了，大王驚為天人，當場賞了馬驥一個官職，還常常邀請他出席宴會，贈送他許多奇珍異寶。

但是久而久之，朝中官員漸漸發現馬驥的黑臉是塗抹出來的，根本是個假面人，因而處處排擠他，老是在他背後說壞話。馬驥鬱悶不安，決定出城透口氣。他想起幫助過他的阿標和村人，便載著滿滿一車金銀珠寶，回到小山村，分送給大家。

村人們激動不已，自己國家的人總是看不起他們，竟遠遠不如一個外國人。為了報答馬驥，大伙兒對他說：「明天我們去海市時，一定帶個稀世珍寶送給您。」

馬驥一聽，連忙問：「海市是什麼？熱鬧嗎？」

村人們說：「海市就是海上市集。四海的人魚齊聚一堂，販售各種海中珍寶。各地商人都會趕來買貨，就連神仙也愛下來遊玩。但海上有時波濤洶湧，有錢有勢的人若不想冒險，便會把錢財交給我們，出海替他們採購些珍品回來。」

馬驥聽了更加嚮往，接著問：「你們怎麼知道海市何時開始？」

村人們回答：「只要看到海上有紅鳥飛來飛去，再過七天就是海市開張的日子。」

「我跟你們一起去趕集。」馬驥聽著心都飛出海了。

沒多久，果真就有許多人上門託辦貨物。馬驥和村人忙了好久，總算都準備妥當，上船出發了。

大羅剎國的船高桅平底，能容納數十人。馬驥站在船上，只見船行如箭，激起滾滾浪花。

他們航行了三天，漸漸能看到在雲水相接、波光蕩漾之處，有許多高樓層層疊起，往來商船密集，好像一大群沙丁魚湧來。

「這座城好高啊！」馬驥和村人們把船停在岸邊，一起進城，城牆的磚足足有一人高，而城上的瞭望樓高聳入雲。

馬驥好奇的在市集上閒逛，許多奇珍異寶，像是用人魚眼淚串成的珍珠項鍊、千年紅珊瑚製成的髮簪等，樣樣讓他大開眼界。

忽然，有一位年輕人騎著駿馬，帶著一大群侍衛疾奔而過。「東洋三世子來了！」市集上的人紛紛迴避。

馬驥打量著領頭的年輕世子，身披金甲、頭戴玉冠；世子也瞧見了站在路旁的他，見他相貌特別，便問：「你是從外地來的吧？」

馬驥點頭回答：「我是從中國來的。」

世子一聽，高興的說：「歡迎歡迎，千里相逢，緣分不淺。」並邀他騎馬同行。

馬兒一路直奔到岸邊，嘶鳴一聲躍入海中。「救命啊！」馬驥驚慌的大喊，卻見海水迅速向兩邊分開，高高豎起，如同兩片巨大的藍色岩壁。

馬兒疾走在海底大道上，不久便進入一座華麗的宮殿，只見處處精雕細琢，梁上裝飾著琥珀色的玳瑁殼，屋頂上鋪著銀色的魚鱗瓦，四面皆是透明的水晶牆，光彩流動，燦爛耀眼。

「這就是傳說中的龍宮？」馬驥沒想到，他居然碰見了東洋世子，還有幸一遊龍宮。他跟著世子下了馬，走上大殿。龍王端坐在金色的貝殼寶座上，蝦兵蟹將分列兩旁。

世子向龍王稟告：「這位是從中國來的賢士。」

龍王早就聽說中國地大物博、人才濟濟，便請馬驥當場寫一篇關於海市的文章。這可難不倒他，下筆如風，寫了一篇千字長文，讚美海市的繁華和富庶。

「我們這裡從來沒有這樣的人才！」龍王一看，龍心大悅，便決定將女兒嫁給他。馬驥覺得龍王和世子皆謙和有禮，小龍女美麗又溫柔，一點也不驕縱，更不會以貌取人，和大羅剎國完全不同，便答應了這件婚事。

這個消息一傳出去，各海域的大小龍王都爭相邀請這位來自中國的駙馬爺作客。馬驥換上華麗的錦衣繡裳，騎著青龍，在護衛前呼後擁下出門赴宴。海族樂儀隊也一路隨行，短短三天之內，馬驥遊遍大洋，揚名四海，成為無人不知的東洋龍宮駙馬。

這下子嬌妻、名聲、富貴統統有了，馬驥心滿意足，誰能比他更幸運？

◇ ◇ ◇

歲月匆匆，馬驥和龍女成婚已過三年。龍宮中有一棵雪白晶瑩的玉樹，小小的葉子青翠透亮，宛若碧玉，夫妻倆都很喜歡這棵玉樹，常在樹下唱歌。有一天，忽然飛來一隻金、綠毛色相間的長尾鳥，停在玉樹上鳴叫，聲聲淒清，讓人聽了就想掉淚。

馬驥聽著聽著，心裡一動，想起了家鄉，不知他離家這麼久，老父母是否擔心他的安危？日以繼夜的盼他歸來？

從此馬驥一想家，就淚流不止，茶飯不思，龍女看著他日漸消瘦的身影，沒有多說什麼。不久，龍王得知馬驥想回家的心願，便送他許多禮物，讓他準備返鄉。

龍女駕車送馬驥到海邊，馬驥安慰她，自己只是回家看看，很快就會回來。龍女卻回答：「我和你是兩個世界的人，今日一別，就不能再相聚了。」馬驥聽了，簡直如同晴天霹靂，急得不知所措。「你走吧！只要我們夫妻同心，不需要時時刻刻在一起。」龍女又附在他耳邊說，「我已懷孕，臨別前，請你給孩子取個名字。」馬驥望著大海說：「如果是女孩，就叫龍宮；如果是男孩，就叫福海。」

龍女請馬驥交給她一個信物，作為日後與孩子相認的憑證，馬驥拿出一對紅色蓮花玉珮，那是他之前從大羅剎國得來的。

「記得，」龍女再三交代，「三年後，請你乘船到南島，我會把孩子交給你。」

龍女說完，交給他一個用魚皮做的袋子。馬驥打開一看，裡面裝滿了奇珍異寶，幾輩子都用不完。

「珍重。」龍女向馬驥告別，調轉車頭，一會兒就走遠了，海水再度合攏，了無痕跡。

先前馬驥出海久久未回，家人以為他死了，如今見到他安然返鄉，都非常驚訝，也幸好父母依然康健。

馬驥謹記著和龍女的約定，三年之後，他搭船到南島，果然看見兩個小孩穩穩的坐在水面上，嘻笑的拍打著浪花。

馬驥靠過去仔細一看，是一男一女的雙胞胎。兩個孩子面貌清秀，花帽上綴著的玉飾，正是他當年送給龍女的那對紅玉蓮花。

馬驥望向海面，層層波濤中，前往龍宮的道路已經斷絕，他這輩子恐怕再也沒機會和龍女相見，幸好有了這兩個孩子，就好像龍女一直陪伴在他身邊。不過，未來的事誰也說不準，或許馬驥下一趟出海，又會遇到什麼新鮮事呢！

改編自《聊齋誌異．羅剎海市》

花花筆記

這個大羅剎國好有趣啊，竟然是以長相來分派官位的？不曉得像我這樣可愛的狸貓，在大羅剎國可以做什麼官呢？不過，審美標準本來就見仁見智，不需要為了迎合別人的標準而改變自己，當然，也不應該一味的以自己的標準去評判別人的外表喔！

至於東洋龍宮，那就更神祕啦！希望等我學成仙術以後，能有機會到海中一探究竟，說不定能遇見那位東洋三世子，還能體驗騎著海龍乘風破浪的快感呢！

8 虛擬實境荷花宴

「哥，你戴著這個奇怪的眼罩做什麼？」花花問。

「笨蛋！這哪是什麼眼罩？這是學苑的鴉長老，從未來世界帶回來的寶貝『虛擬實境頭戴顯示器』，戴上這個裝置，就能體驗超真實的遊戲場景，彷彿置身在山林、海洋或古堡戰場……等場景中，你要不要試試看？」

「跟你說了多少次，不許帶遊戲機進教室！」白狸長老氣呼呼的瞪著小狸和他手上的顯示器。

長老說完，拿出《聊齋誌異》向小狸貓們炫耀：「其實啊，虛擬實境、平行時空、元宇宙……這些令人嘖嘖稱奇的未來科技和思維，早在鄉野奇談中流傳已久。接下來，我們一起來體驗老道士用幻術打造的虛擬實境荷花宴吧！」

◎◎◎

山東濟南城有個流浪道士，沒人知道他姓啥名啥？打哪兒來的？只知一年四季，無論冷熱，他身上只穿著一件單薄的道袍，繫一條絲質的黃腰帶，除此之外沒有任何短襖、套褲等衣物了。

他常用一把半截的梳子梳頭，梳完順手一插，插在髮髻上，好像戴著一頂小帽。白天他總光著腳在路上走來走去，晚上就睡在街頭，但奇怪的是，即便冬日積雪層層，他躺臥時周遭的冰雪竟融化一空，不曾沾到半點雪水。

這個道士不誦經、不畫符，平日靠著在街上變魔術賺賞錢。他可以在眾目睽睽下，把女孩們的手帕變成兔子，或是在空碗裡變出一條金魚，讓人們嘖嘖稱奇，爭相打賞。

有個街頭小混混看得眼紅，買了壺酒請道士喝，纏著道士教他變魔術。

「不行！不行！這是我吃飯的傢伙。」道士不肯答應。

小混混不死心，有一天恰好撞見道士在河裡洗澡，一把搶走道士放在岸上的衣物，威脅他：「如果你不答應教我，我就不把衣服還給你，嘿嘿！」

「好好好，我教你魔術。」道士拱手作揖，求小混混放他一馬。

小混混擔心道士唬弄他，堅持要道士給個保證，否則不肯放手，兩人僵持不下。

道士說：「你還不還？」

「不還。」小混混有恃無恐的回答。

道士臉色一沉，雙眼盯著對方。忽然間，小混混手裡的黃腰帶竟變成一條渾身金黃的大蛇，那條大蛇又粗又長，在他身上纏繞了六、七圈，昂著頭，瞪大眼，朝他嘶嘶吐信。

「饒、饒命……」小混混害怕得跪倒在地上，臉色發青，喘不過氣，不停哀號。

道士笑了笑，手一

伸，大蛇飛落，瞬間變回了黃腰帶，同一時間，有另一條蛇蜿蜒的爬進城裡。

小混混撿回一命，馬上把衣服還給道士，跑得不見蹤影。

這件事傳開以後，道士的名氣就更響亮了。名氣等於人氣，從此之後，當地的仕紳官員常邀約道士一同出遊，也會邀請他參加大小宴會。

到了年底，道士為了謝謝大家，決定大擺宴席回請地方官紳們。

「地點就設在大明湖上的水面亭，請大家一定要賞光。」道士神祕兮兮的，不肯透露任何細節，只說有吃有喝，還有驚喜節目等著大家。他這麼一說倒是勾起了官紳們的好奇心，都想瞧瞧他到底想要什麼把戲？

到了當天早上，每位受邀的官紳都在自家書桌上，發現一張道士親筆寫的請帖，可是沒人知道它是怎麼送來的。

「請帖是自己飛來的嗎？」這下大家更期待了，帶著侍從、差役興沖沖的赴宴。

「請進、請進。」官紳們到達水面亭時，道士連忙出來，彎著腰恭迎賓客們。大家走進亭子，只見裡頭空無一物，連張桌椅也沒有。

「道士，你在跟我們開玩笑嗎？」大伙兒都有點惱怒，在這天寒地凍的時節裡，還特地跑來赴宴，簡直像個大笨蛋。

「各位貴客，別著急。」道士陪著笑臉說，「宴會快準備好嘍，麻煩大家借幾位侍從、差役給我，幫忙跑跑腿如何？」

「沒問題。」官紳們滿口答應，卻暗自懷疑，這裡什麼都沒有，就算道士有通天本領，又如何能無中生有呢？

道士見大家都同意了，拿起筆在牆壁上畫了兩扇門，再伸手敲了敲，「叩叩叩」。

「來了！來了！」只聽門裡有人答話，並且掏出鑰匙，「喀噠」一聲開了鎖，打開門。

這也太神奇了！

官紳們連忙湊上前往門裡瞧，只見屋子很大，堆滿珍貴的家具，白玉屏風、紅綢帳幔、金銀雕花的桌几、椅榻等樣樣不缺。僕人們忙碌的來回走動，把宴會要用的物品遞到門口，交給門外的侍從和差役，一一安放在亭中。

道士一邊指揮一邊交代：「小心、小心，不要碰壞了東西，也千萬不要和裡頭的人交談。」

於是，門裡門外的僕從儘管頻頻接觸，卻只用眼神交流，沒有說半句話。

不一會兒，原本的空亭已布置得奢華富麗，官紳們又驚又奇，一個個開心的入座。

這時濃濃的酒香、肉香也從門裡傳來，只見熱騰騰的山珍海味一盤接一盤的遞出來，轉交給門外的侍從和差役端上桌。

「厲害！厲害！」官紳們都對道士變的戲法讚嘆不已。

忽然有個老官爺放下杯子，搖頭大嘆：「可惜啊！」

「可惜什麼？」其他人連忙問。

老官爺說：「如果這場盛宴能有荷花點綴就更棒了，真是美中不足！」

大家聽了深有同感，忍不住跟著點頭附和：「是啊，可惜！可惜了！」

原來這座水面亭的背面緊臨大明湖，每到夏季，湖上開滿幾十頃的荷花，一望無際的綠波粉荷，美如仙境。但此刻正值寒冬，湖面一片霧茫茫的，什麼也沒有。

沒想到，這時一名黑衣小吏跑來報信：「報告各位大人，快打開窗看看，湖裡冒出滿滿的荷葉啦！」

滿座賓客都大吃一驚，急忙推窗，放眼望過去，只見綠色的荷葉層層疊疊的蔓延在湖面上，中間夾雜著點點粉色花苞。

大家正詫異時，轉眼之間，萬枝千朵的荷花竟一齊綻放，即使在夏天都沒有這番盛況，而且在北風的吹拂下，陣陣幽香撲鼻而來，讓人心曠神怡。

「快！快去採一把荷花回來。」老官爺立刻下令，派一名差役去採花。

差役跳進一艘小船，往荷叢深處划去。過了一會兒，小船回來了，他卻兩手空空，什麼也沒有。

官紳們責問他：「你是怎麼辦事的，連朵花都摘不到？」

差役委屈的說：「小的划船到湖裡，只看見荷花開在遠遠的北邊；但等我奮力划到北岸，卻連一朵花苞也沒瞧見，一回頭，居然發現荷花移到了湖的另一頭。」

大家面面相覷，轉頭望向道士。道士笑著解釋：「滿池荷花只不過是一場幻境，給各位貴客添個雅興而已。」原來這也是他的戲法之一。

大家繼續吃喝談笑，一會兒酒宴結束，荷花也紛紛凋謝了。這時又颳起一陣狂烈的北風，把滿池的莖葉一齊吹斷，湖面又恢復成一片沉寂。

官紳們大開眼界，紛紛喝采，這真是絕無僅有的夢幻之夜。

「今晚的戲法真的太精采了！」官紳中有位濟東觀察使，意猶未盡，硬把道士帶回自己的官府，天天拉著他吃喝玩樂。

這位大人雖然貪玩，為人卻十分小氣，每回請客都斤斤計較，連他家祖傳的陳釀好酒，也只准客人喝一杯，就不肯再添了。

有一回，客人們喝不過癮，群起鼓譟：「官爺，你家的美酒香醇無比，再拿幾壺出來，讓我們喝個痛快吧。」

「我家的酒缸已空，一滴也沒了。」觀察使隨便找個藉口，怎麼也不肯拿出來。

這時道士湊過來，插嘴道：「大家肚裡的酒蟲是不是還咕嚕嚕的叫個不停？別擔心，我這兒也有美酒，想喝多少就喝多少。」

道士說著把空酒壺放進袖子裡，過了一會兒再拿出來，壺裡的酒居然又滿了。

「來來來，乾杯。」道士給客人們斟酒，大家一飲而盡，紛紛讚嘆：「好酒，味道和先前的陳釀沒兩樣啊！」

大家開懷暢飲，一杯接著一杯，而道士的酒壺竟像泉水一般，要多少湧出多少。

宴席結束後，觀察使心中起疑，親自跑去酒窖檢查。只見幾十個酒缸外面的封條皆完好如初，但再仔細確認，缸裡的酒卻空了。

「哼！一定是臭道士搞的鬼！」觀察使惱羞成怒，隨便安了個「妖人作亂」的罪名，命官差把道士逮捕進衙門。

「說，你在濟南到底幹了多少件壞事？」觀察使板起臉審問他。

道士跪在堂下，大聲喊冤：「大人，我不偷不搶，平常都是您要我做什麼就做什麼。」

觀察使臉上掛不住，命官差嚴刑拷打一番。哪知第一棍才碰到道士的屁股，觀察使突然感到臀部一陣疼痛；再打幾下，他的屁股已皮開肉綻。

堂上高官鮮血直流，把坐墊都染紅了；階下道士哭天喊地，卻又偷偷擠眉弄眼，一看就是假裝的。

「別打了！別打了！」觀察使心知肚明，這下子吃了個大悶虧，急急停止行刑，把道士趕出去。

從此，道士離開濟南，不知去向。直到許多年後，有人在金陵看見他，依舊是光著腳丫滿街跑，裝扮也和以前一模一樣呢！

改編自《聊齋誌異·寒月芙蕖》

小狸筆記

哇！這位道士可真厲害，一個人變出這麼精采的虛擬實境荷花宴！不過既然是戲法，經過我仔細推敲，宴會上的家具和酒菜應該都是道士從那些官員家裡「借」來的，那麼滿湖的荷花又是從哪兒「借」來的呢？

你還看過哪些新奇有趣的魔術表演？這些魔術師又是用了什麼樣的手法，把觀眾唬得一愣一愣的呢？你想學這些魔術嗎？說說看你的想法吧！

9 小蟋蟀的冠軍大夢

夏日炎炎，小狸上課，神遊瞌睡的時候比清醒的多，打呼聲還特別大。

「小狸，坐好！」白狸長老走到座位旁叫醒他。

小狸嚇一跳，迷迷糊糊的說：「哎呀，打雷了，快跑！」

同學們哄堂大笑，小狸把長老的聲音當成雷聲，正說著夢話呢。

白狸長老好氣又好笑的說：「其實夢是一門大學問，夢境中的人事物真假難辨，有時還荒誕不經，但往往藏著一些個人潛意識的

密碼。你們平常會做什麼夢？夢境裡發生的事到底是真是假？下面就來說說一個小男孩，在夢裡變成蟋蟀冠軍的奇幻故事。」

◎◎◎

你看過蟋蟀嗎？個兒小小，後腿壯壯，觸鬚長長，是個百分百的跳躍高手。從很久以前，就有許多人喜歡鬥蟋蟀，也就是讓兩隻蟋蟀捉對打個架，比輸贏。

明朝有個皇帝特別愛鬥蟋蟀，每年都要向民間徵收許多蟋蟀鬥士。陝西本來不是蟋蟀產地，有個縣官卻為了討上司歡心，千挑萬選，抓了隻活跳跳的蟋蟀獻上去。

小蟋蟀，本領高，戰鬥力超強。上司十分讚賞，從此便要求縣官每年進貢蟋蟀給朝廷。

這下可糟了！要去哪兒弄來這麼多驍勇善戰的蟋蟀呢？上有政策，下有對策。縣官把差事派給各鄉的里正❶，要大家在民間收購蟋蟀，辦不到就挨板子。

這可是個發財的大好機會。街上那些遊手好閒的小混混，捉到好的蟋蟀就裝在竹籠裡養著，等待價格飆升再出售；而另一頭，有些奸詐的差役常以購買蟋蟀為名，藉機向老百姓收稅斂財，一隻蟋蟀的價格，往往使好幾戶人家破產；而有點良心的差役，如果不願勒索老百姓，就得自掏腰包，花大錢買蟋蟀。

成名就是這樣一個老實的倒楣鬼。成名性格呆板，口才不好，在奸詐的小吏推舉下，被縣官任命為里正。他想盡辦法都推不掉這個差事，不到一年的時間，為了買蟋蟀竟賠光了僅有的幾分家產，這陣子又碰上徵收蟋蟀的季節，急得掉眼淚。

「哭瞎了也沒有用，」成名的妻子苦勸，「不如你自己去捉蟋蟀，或許還能逮到一隻不錯的。」

「說得對！」從此成名每天早出晚歸，提著竹筒和銅絲籠，不停的在土堆、牆角和草叢中找蟋蟀，掀石頭、挖土洞……各種方法都用上了，但一點收穫也沒有，就算偶爾捉到幾隻，個頭都又瘦又小，不夠格。

「你還沒找到好蟋蟀嗎？」縣官催得緊，找不著，就挨打。可憐的成名短短十幾天內被打了上百個板子，兩條腿又是膿又是血，癱倒在床上，只想尋死。他的妻子急得要命，聽說村裡來了個駝背巫師，能通鬼神、卜吉凶，便趕快去找他。

巫師的屋子擠滿來卜卦的人，屋內有個密室，前面擺著香爐，門上掛了一張大簾子。成名妻子學著其他人的動作，把錢放在桌上，燒香行禮後，巫師在旁邊唸唸有詞，過一陣子，簾子動了，一張紙拋在她腳前。

她拾起來一看，咦？上面沒有字，而是一幅畫。仔細看，畫中有座寺院，寺後有座小山，山下荊棘和雜草叢生，一隻名種蟋蟀「青麻頭」蹲在那兒，一旁還有隻癩蝦蟆緊盯著牠。成名妻子雖然看不懂，但既然上面畫著蟋蟀，想來應該是個暗示，便趕快拿回家給丈夫看。

「莫非這是一張地圖？」成名反覆瞧著圖上的景物，只覺得眼熟，「對了！這座寺院應該是村東的大佛閣。」

他忍痛爬下床，拄著拐杖，拿著圖趕到大佛閣，果然看見寺院後方有一座古墓，墓上長滿青草，和畫中景象十分相似。

「沒錯，就是這裡。」他走入草叢，一邊凝神細聽一邊彎下腰專心搜尋，彷彿在找一根針，或一顆菜籽。但找了半天，還是沒有發現蟋蟀的蹤影，甚至沒聽見蟋蟀的鳴叫。

這時，忽然有一隻癩蝦蟆跳進前方的草叢。

「追！」成名想起畫中情景，急急去追，撥開草叢拚命找，終於發現有隻蟋蟀蹲在荊棘下面。

他立刻撲過去，但蟋蟀用力一跳，跳進了石洞。他拔了根草，用草尖伸進洞中輕輕撥弄，但蟋蟀就是不出來。他只好使出絕招，用竹筒取水灌進石洞裡，蟋蟀怕水，「蹦」一聲，一躍而出。

成名趁機一把抓住牠，仔細一看，這隻蟋蟀個兒大、後腿長，頸部是青色的，翅膀是金黃色的，絕對是極佳的品種。

「哇！這就是青麻頭嗎？果然體形健壯，後腿有力，千金難求！」成名費盡千辛萬苦，終於把蟋蟀裝進籠子提回家，全家都開心得不得了。

成名拿個盆子鋪上土，把蟋蟀裝進去，每天餵牠吃蟹肉和黃栗，悉心照料著，只等到了期限，交給縣官就算交差了。

「這隻蟋蟀到底有多稀奇？」成名的兒子阿將實在好奇，趁爸爸不在時掀開盆蓋偷看。哪曉得，蟋蟀一下子跳出來，蹦來蹦去，根本捉不住。

好不容易，阿將把蟋蟀抓到手裡，哎呀！他力道太大，蟋蟀的腿斷了，肚子破了，一會兒竟然斷了氣。

阿將嚇壞了，哭著告訴媽媽。媽媽臉色發白的直罵：「該死，你這個不懂事的孩子，這次闖下大禍，等你爸爸回來修理你！」

才九歲的阿將越聽越害怕，哭著跑走。沒多久成名回來了，得知阿將闖大禍，全身好像被冰雪襲捲一般，怒氣沖沖的去找兒子，卻遍尋不著，最後才發現，阿將已經渾身冰冷的沉在井底。

成名滿腔怒火化為悲傷，心痛欲絕。夫妻倆悲苦交加，對著牆角默默哭泣，一點希望也沒了。

天色漸暗，夫妻倆勉強起身，打算把兒子草草埋葬。

「等等，阿將好像還沒死？」成名摸摸兒子的身體，似乎還有一絲氣息。他們高興的把孩子抱回床上，等他甦醒，但一回頭看到空空的蟋蟀盆，又忍不住憂心如焚。

他們陪著孩子一整晚，都不敢闔眼。天剛亮，成名聽到門外傳來「唧——唧——」的蟋蟀叫聲。

「咦？是原先那隻青麻頭還活著？還是另外一隻？」成名心裡一驚，跑到門外查看，發現一隻又大又壯的蟋蟀。

成名慢慢靠近，雙手一撲，「咦？怎麼感覺手心空空的？」他翻開手心查看，大蟋蟀猛一跳，蹦得老遠。

「別跑！」成名趕緊追過去，轉個彎卻已看不見大蟋蟀的身影。

他仔細尋找，發現還有一隻蟋蟀趴在牆壁上。

「不對！」成名走近一看，「這隻個頭又小又短，體色紅黑，絕不是先前看到的那隻。」

成名看不上這隻小的，正失望的時候，小蟋蟀腿一蹬，跳到他的衣袖上，速度比風更快！成名細細打量，這隻蟋蟀外形如小螻蛄，方頭、長腿，還有一雙梅花翅膀，倒也矯健。

所謂「沒魚蝦也好」，眼看交差的日子一天天逼近，成名替小蟋蟀取了個小名「小將仔」，帶回家養在籠子裡，等著呈交給縣官。

這個消息很快傳遍街頭巷尾，立刻引來一個小混混上門挑戰。

小混混養了隻蟋蟀，名叫「蟹殼青」，被牠打敗的蟋蟀數也數不清。他本來是想藉這次徵收的機會賣個高價，卻沒想到成名自己捉了一隻，發財夢成了泡影。

小混混一看見小將仔，摀著嘴咯咯直笑：「個子好小啊。」

「唉，躲也躲不過。」成名只能硬著頭皮讓小將仔上場試試。

他們拿來一個鬥盆，把兩隻蟋蟀放進去。

剛開始，小將仔只是趴著不動，呆若木雞，小混混看了暗自偷笑。成名趕緊試著用豬鬃撥弄小將仔的觸鬚，激起牠的鬥志，但牠仍然一動也不動。

「哈哈，不中用的小傢伙！」小混混放聲大笑。

突然，小將仔大爆氣，振翅長鳴，咧開嘴巴，怒氣沖沖的撲過去，一口咬住蟹殼青的頸子。

小混混急忙分開兩隻蟋蟀，只見蟹殼青垂頭喪氣的縮在一旁，小將仔則抬頭振翅，得意的高聲鳴叫。

成名簡直不敢相信自己的眼睛，小將仔首戰就擊敗大魔王。他正高興時，後院裡有隻公雞看見小將仔，竟飛奔過來，伸出尖嘴狠狠一啄。

「糟了！」成名根本來不及搭救，嚇得驚叫。幸好小將仔機靈，

迅速一跳，跳了一尺多遠，僥倖逃過。公雞緊追不捨，眼看小將仔就要落在雞爪下，牠竟奮力一跳，跳上雞頭，用力咬住雞冠不放，公雞伸長脖子扭來扭去，痛得咕咕亂叫。

「這隻小蟋蟀可真了不起！」圍觀的群眾嘖嘖稱奇，小蟋蟀竟打敗了大公雞。

第二天，成名把小將仔獻給縣官，並講述了牠的奇特本領，縣官不信，便命人再測試一次，果然和成名所說的一樣。

於是縣官高高興興的把蟋蟀獻給巡撫；巡撫又高高興興的獻給皇帝。而小將仔到了皇宮後，過五關斬六將，打敗各種稀有的蟋

蟀，最終成了冠軍蟋蟀。

這下子皇帝龍心大悅，大大獎賞了巡撫；巡撫又大大獎賞縣官；縣官又大大獎賞成名，可說是皆大歡喜。

至於成名的兒子阿將呢？經過一年多，他終於甦醒了。他告訴父親：「我好像做了一場長長的夢，在夢裡，我變成一隻小蟋蟀，打遍天下無敵手。」

成名激動的抱緊兒子，他的這場夢拯救了全家人，也救活了他自己。

死，因為蟋蟀；活，也是因為蟋蟀。這次運氣好，父子倆都能死裡逃生，但是不知道接下來，皇帝會不會又想出什麼新花招，折騰老百姓呢？

改編自《聊齋誌異·促織》

❶ 里正就是古代的鄉里小吏，負責打理戶口、賦役等事務。

花花筆記

阿將在夢裡化身成小蟋蟀解救了一家子，真是個奇蹟！

你也和成名一樣，遭遇過被欺壓的事件嗎？仔細想想，古代人的性命和前途總圍繞著皇帝打轉，而且在官官壓迫下，如果有人拿著雞毛當令箭，底層的小官差和老百姓一定更加苦不堪言。

雖然這系列的修練課程到此告一段落，但長老說，《聊齋誌異》裡還有更多精采的故事，等著我們去鑽研，相信只要精通書裡的招式，我和小狸就能修練成狸貓大仙啦！

推薦文

「不以淺害意」的文學深度——讀《奇想聊齋》

文／黃雅淳（國立臺東大學兒童文學研究所副教授）

為什麼一本距今三百多年，且不以兒童為預設讀者的的古代文言小說，直到當代仍不斷被改編成文學、影音、遊戲等各種載體？這本被稱為「中國短篇小說之王」的文學經典究竟有什麼魅力，能讓歷代的創作者一再的從中獲得閱讀的樂趣與靈感，而透過自己的生命經驗和寫作技藝將之轉化與再創，傳承給新一代的讀者？

歷來許多優秀的兒童文學作品之所以能感動讀者，常常是因為作品與讀者的童年體驗共鳴，以及被作品的敘事和表現藝術所觸動。而劉思源這系列《奇想聊齋》又以怎樣的敘事手法，來傳遞經典對歷史的跨越性，讓當代的兒少讀者接收到文學經典在不同的文化語境中，仍能被觸動的某種意義與價值？

作者在這系列作品中採取雙線的結構敘事，外層的副線是狸貓兄妹到靈異山「靈狸養成學苑」跟著「白狸長老」修練法術的系列訓練課程。而貫穿此系列作品的主線，則是作為學院修仙祕笈的奇書《聊齋誌異》，以及其中令人目不暇給的仙靈、幻術、精怪與鬼妖的故事。既然是修練的課程，故每堂課白狸長老都施展幻術，讓狸貓兄妹穿越到書中的某個場景，提醒這堂課觀摩的修練目標，如障眼法、穿牆術、隱身術等。而每堂課後狸貓兄妹的筆記，則以兒童視角記錄、探討故事的本質或提出多元角度的疑問，以帶來思考的發散與延展。這樣的情節結構既能呼應兒童讀者日常的上學經驗，也豐富故事的敘事層次。

而作者在把握原著的精神後，透過刪節、擴寫和解釋的改寫手法，以生動、誇張、幽默的語言特色，讓本系列既保有經典延續性的文化思維，亦能滿足兒童的精神需求。

所有的兒童都曾經歷過和人類初民一樣的「泛靈」思想，擁有想像力去思考不存在於眼前的事物，並擁有以故事來訴說無法用理性解釋的想法之能力。同時，這樣具有幻想性、遊戲性和形象性的兒童思維，也需要一個讓他們盡情釋放能量的生命空間，以和現實世界的理性思維保持平衡。因此，優秀的兒童文學創作者無不盡力以作品建構這個幻想世界的烏托邦，讓兒童的精神自由飛翔。

我想，這套以現代童話語境改寫的《奇想聊齋》，在傳承經典的精神底蘊外，也提供了兒童思維的藝術空間；更重要的是，作者在推陳致新之際，亦完成一種兒童讀物「不以淺害意」的文學深度。

推薦文

跟著蒲松齡和劉思源，在故事裡一覽中國文學史上最耀眼的奇幻之光

文／林怡辰（《從讀到寫》作者）

說到《聊齋》，那一部部色彩鮮明，深意十足的作品，諸如〈勞山道士〉、〈畫皮〉、〈狐嫁女〉和〈聶小倩〉……是不是都讓你眼睛一亮？跟我們一樣，提到「妖怪」，孩子就眼睛一亮，只要圖書館裡有妖怪的圖書，更是爭相借閱，閱讀動機爆表，但如果你只是這樣簡單的看《奇想聊齋》，那就太可惜了！

用可愛的小狸貓來串場，簡單的字句卻不失精采度。聊齋本身就精采絕倫，深富同理心和轉折，但作者劉思源重新打散五百篇原作，從中挑出二十七篇最讓人驚奇又印象

深刻的故事，重新編排成三本。最特別的是，利用小狸貓學習為概念，在一則則故事之後，寫下了立意有趣又充滿哲思的閱讀筆記，並提出問題，讓孩子跟著思考，心中有自己的答案，將故事更提升了一個層次。

在日本或西方的志怪故事之外，透過《奇想聊齋》，讓孩子對自己文化中的妖怪有更多認識；在奇幻吸睛的內容下，經由作者的巧筆，將可怕的怪談包裝成孩子也可以接受的趣味，將後面蒲松齡想要表達的寓意更清楚呈現，也更加讓孩子從故事中提煉出真金，看見《聊齋》的底蘊。

鬼怪可怕嗎？在《聊齋誌異》中，鬼怪往往也有情有義，蒲松齡在其中放入了關切世人的同理，寫盡人性，將奇聞軼事寫成《聊齋誌異》，反覆閱讀，看見情義和人情的諸多冷暖，還有世道和黑暗，最後看見人心險惡，往往才是最可怕的。而在作者劉思源的筆下，小狸貓帶著孩子看見奇幻故事瑰麗和引人入勝背後，還能看見思考軸線，《奇想聊齋》不只是改寫，警世意涵依舊在，感謝用心改寫作品，用創意讓孩子們看見自己文化中的作品之美，還能津津有味，一本接一本，愛不釋手。跟著蒲松齡和劉思源，在故事裡，用狸貓學仙術（驚奇幻術）、妖怪現形記（動物群妖）、仙靈探魔境（奇幻魔境）三大主題，帶著孩子一覽中國文學史上最耀眼的奇幻之光，切開那表面的虛偽，看見底下溫暖同理的光。

推薦文

如夢似幻的奇境，亦真亦假的人生

文／廖淑霞（臺北市私立再興小學研究教師）

課堂中，我與孩子共讀時，除了討論故事的情節與主題外，敘述故事時，我也喜歡和孩子來個「接龍」，例如：八仙過海——各顯神通（西遊記）、周瑜打黃蓋——一個願打，一個願挨（三國演義），但十之八九，聽不到下半句，孩子熟悉網路用語，卻陌生於成語典故，他們腦海中的故事資料庫有些羞澀，似乎離「閱讀」有半步之遙，離「閱讀經典文學」更有一步之遠。

何謂經典文學？必然是經得起時間的考驗，不因時代改變而被淘汰的作品，在文學表現形式上，有其獨特性；在作品的內容上，有其時代性。讀《三國演義》，除了閱讀它對亂世之戰的描繪，以及人性百態的刻劃之外，更是反映亂世人民對和平的渴望。閱《西遊記》，除了天馬行空的情節引人入勝外，更能一窺中國龐大的神話系統，並藉由虛擬的情境反諷真實的社會現況。如何引領孩子進入值得一看的經典世界？幸而有兒童文學作家不斷的以適合「兒童閱讀」為念的改寫或編寫，讓「經典文學」得以親近少年讀者。

親子天下繼《奇想三國》與《奇想西遊》之後，再推出《奇想聊齋》系列，在《奇想聊齋3仙靈探魔境》中，我們可以跟隨法力高強的白狸長老進入一個個「如夢似幻的奇境」，穿梭在天界、陰間、鬼道、異國、龍宮、夢境之中。我們看見了為人仗義，不計得失的阿樂，有了夢遊天界，觀日月星辰之浩瀚的奇遇；前世貪贓枉法的劉公，幾世投胎轉世，迴走陰陽兩界方能幡然醒悟；豪爽正直的甯采臣雖陷鬼道，卻能在美色之誘下不生妄念，在燕赤霞的協助下安然脫險；海上遇難的小徐誤入夜叉國，經歷茹毛飲血的生活後，落地生根娶妻生子；貌如潘安的馬驥，先入以「貌」取人的大羅剎國，後遊龍宮成了龍王的乘龍快婿；阿將誤傷蟋蟀惹了禍，入了夢境化身成小蟋蟀，成了戰無不克的蟋蟀冠軍……上演著一場場「亦真亦假的人生」。

由劉思源改寫的《奇想聊齋3仙靈探魔境》，藉由「魔境」讓故事中懷才不遇的阿夏，投胎轉世後名揚天下；讓命途多舛的羅子浮，擁有圓滿的婚姻；讓遭逢大難的馬驥，圓了富貴榮華的美夢……然而，功名利祿、榮華富貴真的是人生最珍貴與追求的目標嗎？重讀一次故事，你會發現故事中的主人翁在體驗這真假莫辨的人生後，最終的抉擇又是什麼？什麼才是人生中最值得珍惜的？在一則則誌異的故事中，我們是否也能醒悟出一些人生之道？

蒲松齡創作聊齋的素材取自於鄉野市井中的奇聞軼事、神鬼傳奇，其用意乃是為普羅大眾發聲，為弱勢族群鳴冤，對封建皇權的抗議以及貪官汙吏的反諷。藉由故事後的「小狸與花花筆記」，我們也可以去思索故事中蘊藏的深意與問題，在閱讀的過程中，讓自己有一次次思辨的對話。

如夢似幻奇境的探索

題目設計／廖淑霞（臺北市私立再興小學研究教師）

在《奇想聊齋3仙靈探魔境》中，我們可以跟隨法力高強的白狸長老進入一個個「如夢似幻的奇境」，穿梭在天界、陰間、鬼道、異國、龍宮、夢境。找找看故事中的主人翁進入了哪個「魔境」？歷經了哪些人生奇遇？請把入境者與進入的奇境寫在＿＿＿＿處，並把他在奇境中所經歷的事簡述在鏡中。

■ 第一位入境者：為人仗義的阿樂

■ 進入的奇境：神仙居住的天界

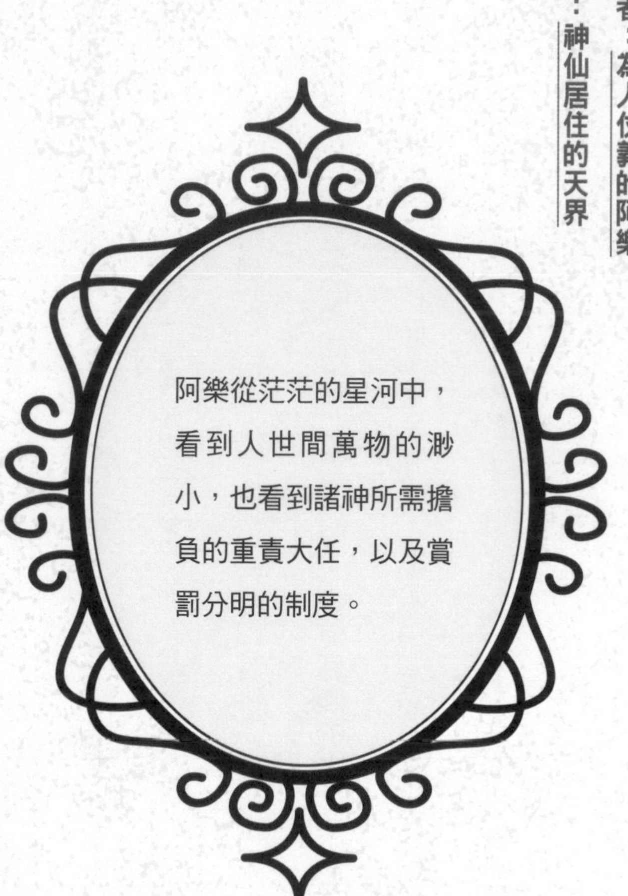

阿樂從茫茫的星河中，看到人世間萬物的渺小，也看到諸神所需擔負的重責大任，以及賞罰分明的制度。

■第二位入境者：海上遇難的小徐

■進入的奇境：夜叉國

■第三位入境者：

■進入的奇境：

■ 第四位入境者：

■ 進入的奇境：

亦真亦假人生的抉擇

故事裡的魔境讓主角都如願了，但是他們最終的抉擇又是什麼？如果你是故事中的主角，你又會有怎麼樣的抉擇？為什麼？

篇名	主角的抉擇	我的抉擇
山中奇緣	羅子浮帶著兒子和媳婦回到久違的家鄉，雖然後來再回山上尋找翩翩，但已人去樓空。	我雖然思念年邁的叔叔，但是怎能拋下多年來同甘共苦的妻子？要留全家留，要走全家走。
夜叉國的驚奇冒險		
少年小馬的奇幻漂流		

奇想聊齋3
仙靈探魔境

作者｜劉思源
繪者｜李憶婷

內頁版型設計｜林子晴
封面設計｜a yun
責任編輯｜江乃欣
行銷企劃｜林思妤

天下雜誌群創辦人｜殷允芃
董事長兼執行長｜何琦瑜
媒體暨產品事業群
總經理｜游玉雪
副總經理｜林彥傑
總編輯｜林欣靜
行銷總監｜林育菁
副總監｜李幼婷
版權主任｜何晨瑋、黃微真

出版者｜親子天下股份有限公司
地址｜台北市104建國北路一段96號4樓
電話｜（02）2509-2800　傳真｜（02）2509-2462
網址｜www.parenting.com.tw
讀者服務專線｜（02）2662-0332　週一～週五：09:00~17:30
傳真｜（02）2662-6048　客服信箱｜parenting@cw.com.tw
法律顧問｜台英國際商務法律事務所・羅明通律師
製版印刷｜中原造像股份有限公司
總經銷｜大和圖書有限公司　電話：（02）8990-2588

出版日期｜2022年12月第一版第一次印行
　　　　　2024年 9 月第一版第二次印行
定價｜340元
書號｜BKKCJ089P
ISBN｜978-626-305-335-9

訂購服務
親子天下 Shopping｜shopping.parenting.com.tw
海外・大量訂購｜parenting@cw.com.tw
書香花園｜台北市建國北路二段6巷11號　電話（02）2506-1635
劃撥帳號｜50331356　親子天下股份有限公司

國家圖書館出版品預行編目資料

奇想聊齋3仙靈探魔境/劉思源作；李憶婷繪.
-- 第一版. -- 臺北市：親子天下股份有限公司,
2022.12
208面；17x21公分. -- (奇想聊齋；3)
ISBN 978-626-305-335-9(平裝)

863.596　　111015693